RRRR
ZLASH
TCHAG
SCHLING
FSSH

CHAPITRE 1 LA VOIE DU CHEVALIER
BAM
DIS-MOI...
QUEL EST TON NOM ?
JE SUIS SPARK...

CHEVALIER DU ROYAUME DE FLAIM !!
LA LÉGENDE DU CHEVALIER HÉROÏQUE

Chroniques de la guerre de Lodoss

La légende du chevalier héroïque

1

som maire

Chapitre 1
La voie du chevalier 3

Chapitre 2
Le plan des Ténèbres…………......49

Chapitre 3
Le piège noir……………………..77

Chapitre 4
Volontés convergentes…...... 109

CHapitre 5
Doutes et impatience…….......…141

PLAF
CE... CE N'ÉTAIT QU'UN RÊVE...
"SPARK, CHEVALIER DE FLAIM"...
TSS ...
CHEVALIER, HEIN ?
CHEVALIER...
OH NOON !

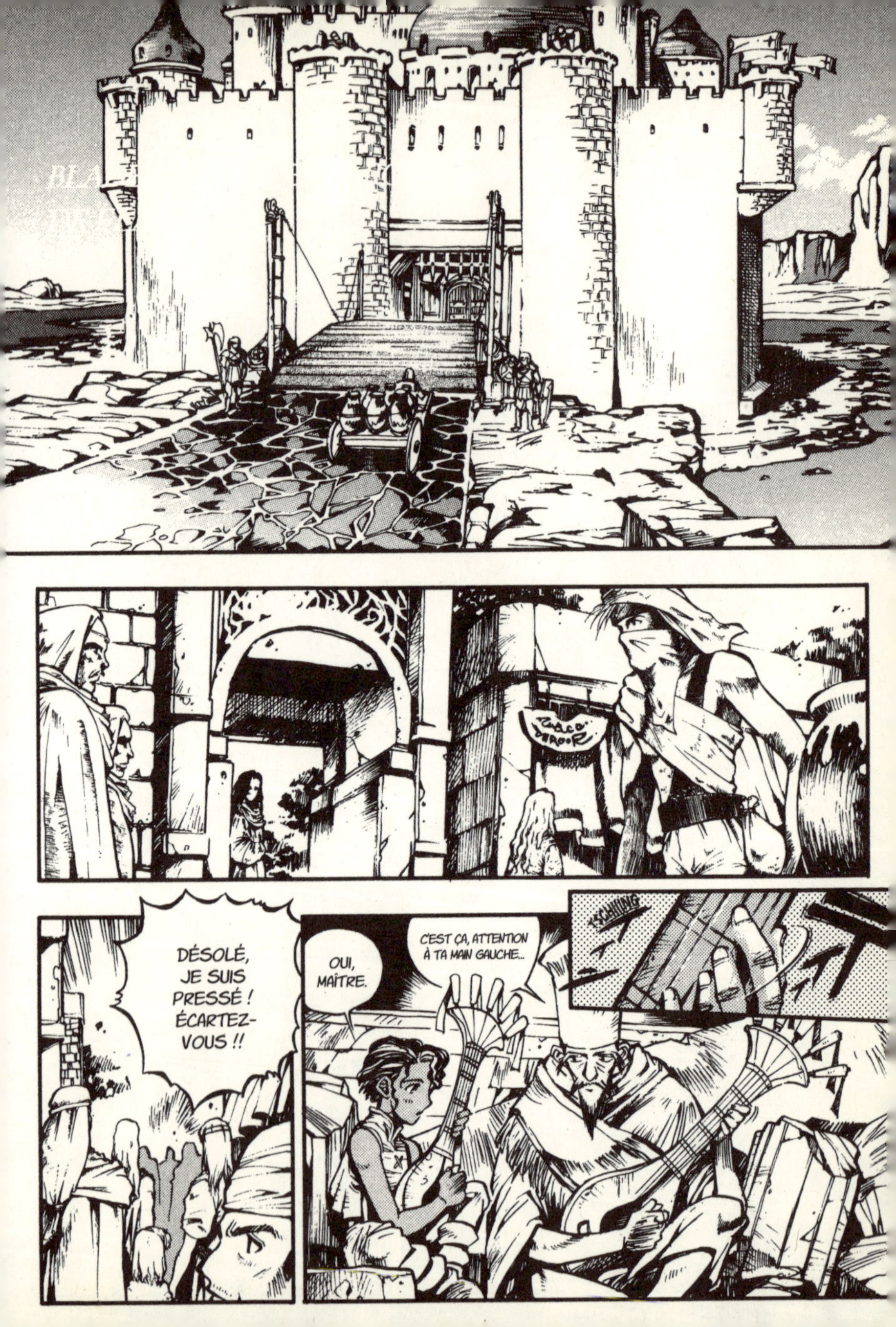
DÉSOLÉ, JE SUIS PRESSÉ ! ÉCARTEZ-VOUS !!
OUI, MAÎTRE.
C'EST ÇA, ATTENTION À TA MAIN GAUCHE...
TSCHING

SPARK !!
OÙ COURS-TU COMME ÇA ?
C'EST AUJOURD'HUI QU'ON NOMME LES NOUVEAUX CHEVALIERS !!
ZIOUM
ATTENDS ! JE VIENS AVEC TOI !!
EXCUSEZ-MOI, MAÎTRE, MAIS JE DOIS VOUS QUITTER...

LE GRAND JOUR EST ENFIN ARRIVÉ !!
CLANG
CLONG
J'AI RÉUSSI TOUS LES TESTS, MÊME LES ÉPREUVES À CHEVAL ! DU MOINS, JE CROIS...
ÇA VA ENFIN ÊTRE MON TOUR...
TCHAK

JE VAIS DEVENIR CHEVALIER !!
BLA BLA
HA... HA...
UN PEU DE SILENCE !!

FLAP
AU NOM DE SA MAJESTÉ KASHUE, ROI DE FLAIM, CEUX DONT LE NOM FIGURE SUR CETTE LISTE...
TU EN FERAS PARTIE, CETTE ANNÉE, SPARK !
CHUT...
RECEVRONT OFFICIELLEMENT LE TITRE DE CHEVALIER !
FLAG

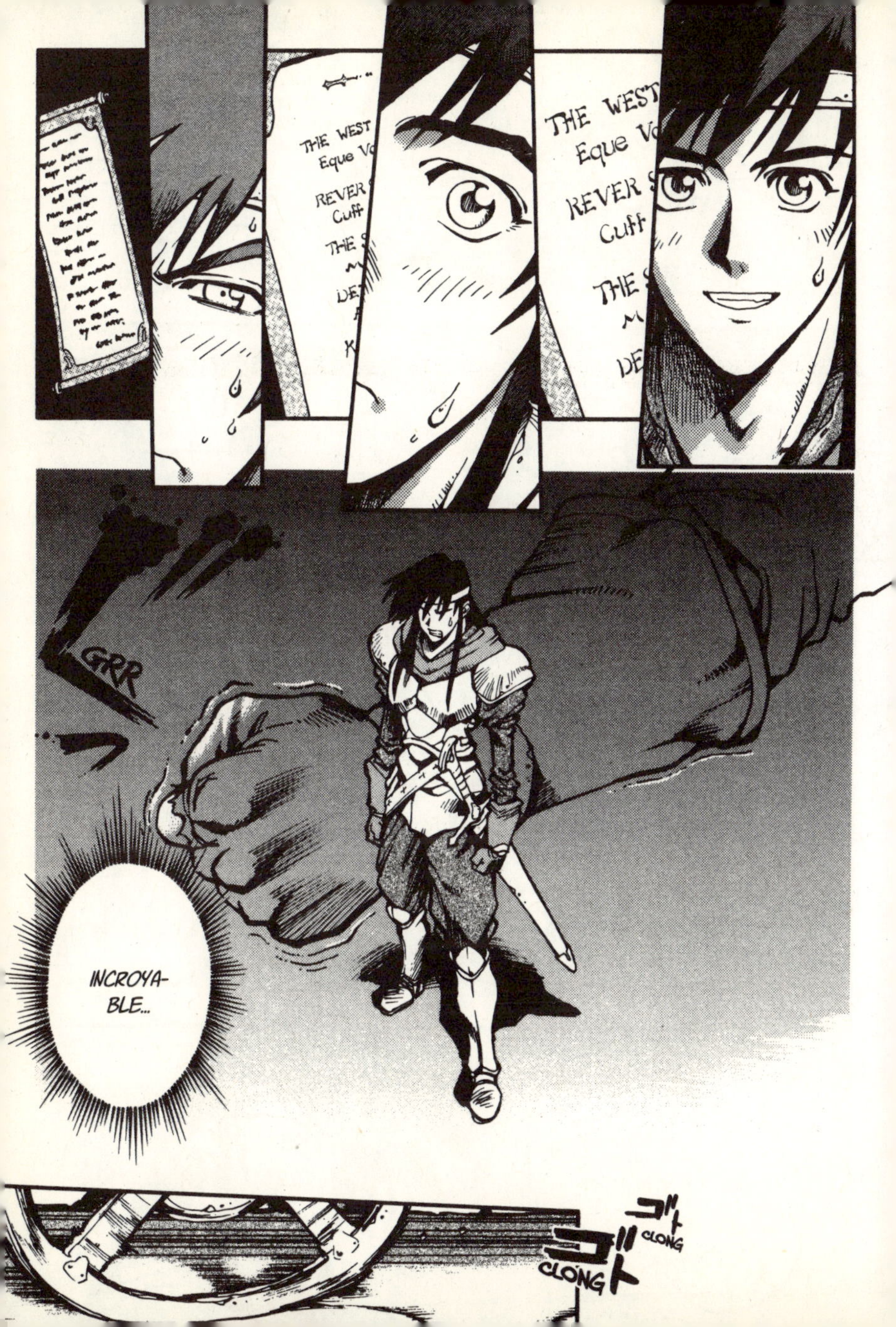
THE WEST
Eque Vo
REVER
Cuff
THE S
GRR
INCROYA-
BLE...
CLONG
CLONG

C'EST VRAIMENT DOMMAGE...
POUR MOI, LA ROUTE EST ENCORE LONGUE, TU SAIS... TU RÉUSSIRAS SÛREMENT L'AN PROCHAIN...
ON DIT QUE LE LUTH RÉALISE LES RÊVES DU TROUBADOUR...
MAIS IL FAUT CROIRE QUE JE VAIS RESTER APPRENTI CHEVALIER TOUTE MA VIE...
GLONG
GLONG
GLONG
TU VEUX ME FAIRE PLAISIR ?
CHANTE-MOI ENCORE LA BALLADE DE LODOSS...

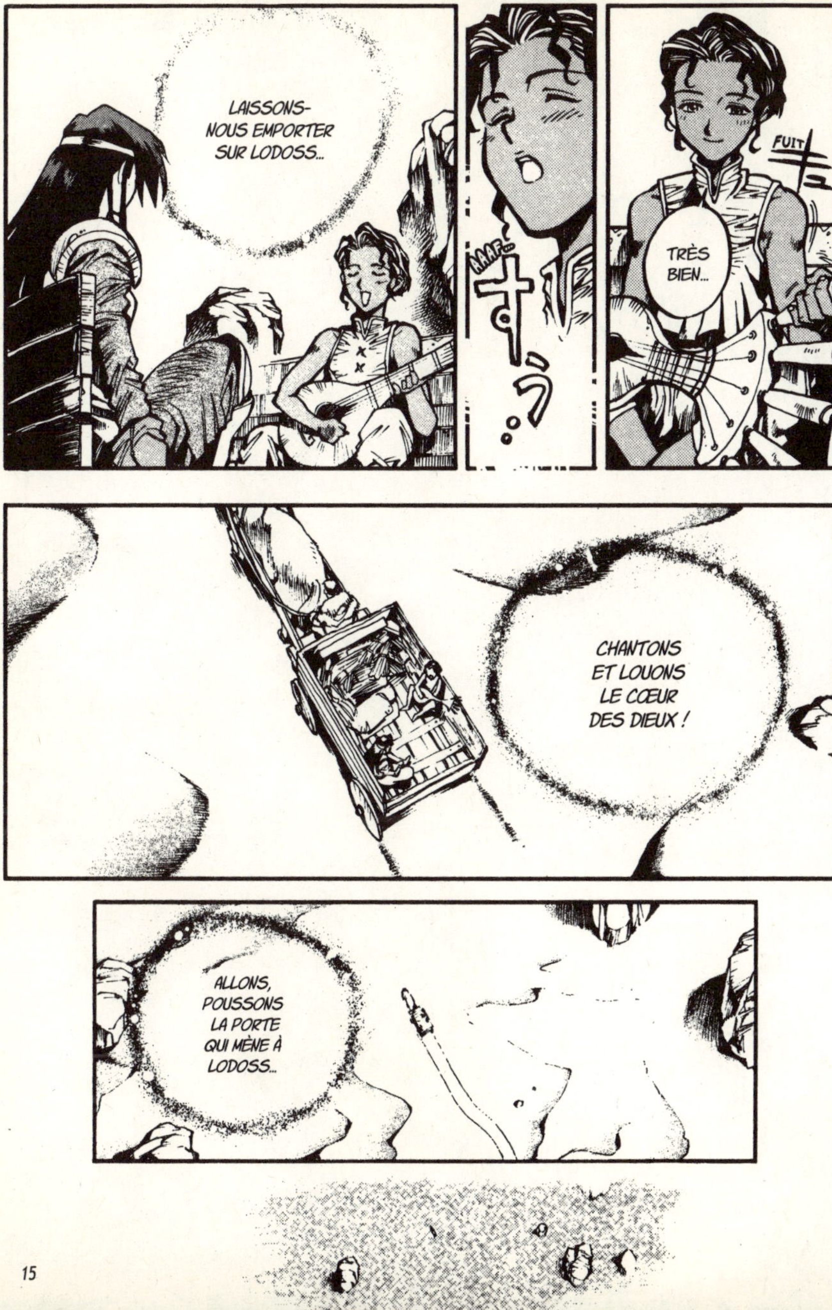
LAISSONS-NOUS EMPORTER SUR LODOSS...
AAAF...
FUIT
TRÈS BIEN...
CHANTONS ET LOUONS LE CŒUR DES DIEUX !
ALLONS, POUSSONS LA PORTE QUI MÈNE À LODOSS...

AU SUD DU CONTINENT D'ARAYCRUST SE TROUVE UNE ÎLE OÙ RÈGNE LE CHAOS : LODOSS.
DOMAINE DE MYRII, DIEU DE LA GUERRE, CETTE ÎLE NE CONNAÎT QUE DES PÉRIODES DE TROUBLES : LA GUERRE DU DÉMON, IL Y A UNE QUARANTAINE D'ANNÉES...

COMME LA GUERRE DES HÉROS, VOILÀ 15 ANS...
LES SOMBRES TRAGÉDIES QUI S'Y DÉROULENT CONSTAMMENT ONT ENGENDRÉ BON NOMBRE DE HÉROS...
ET L'ON CHANTERA SANS DOUTE POUR L'ÉTERNITÉ LA LÉGENDE DES HÉROS DE LODOSS, "L'ÎLE MAUDITE" ...

VIVEMENT QUE JE SOIS CHEVALIER, MOI AUSSI, ET QU'ON CHANTE MES LOUANGES...
TU Y ARRIVERAS ! TU AS QUELQUE CHOSE QUE LES AUTRES N'ONT PAS !
AH BON ? QUOI DONC ?
GATA
GATA
GATA
GATA

GATA
GATA
GATA
GATA
VOUS, LÀ-BAS ! ARRÊTEZ CE CHARIOT !!
LE SEIGNEUR SPARK DE LA TRIBU DE FLAMME SE TROUVE-T-IL PARMI VOUS ?!
GATA
GATA
AH, MAÎTRE ! JE VOUS CHERCHAIS !!
FFF
JE SUIS INVITÉ CE SOIR AU BANQUET DU ROI KASHUE ?!
MAIS OUI, JEUNE MAÎTRE !
COMTE RUZENAN, ARRÊTEZ AVEC VOS "MAÎTRE" !
ENFIN, VOYONS !! VOUS SEREZ UN JOUR LE CHEF DE LA TRIBU DE FLAMME !!
VOUS POURRIEZ MÊME ÊTRE EN POSITION DE RÉCLAMER LA COURONNE !!
ALLONS, VENEZ !

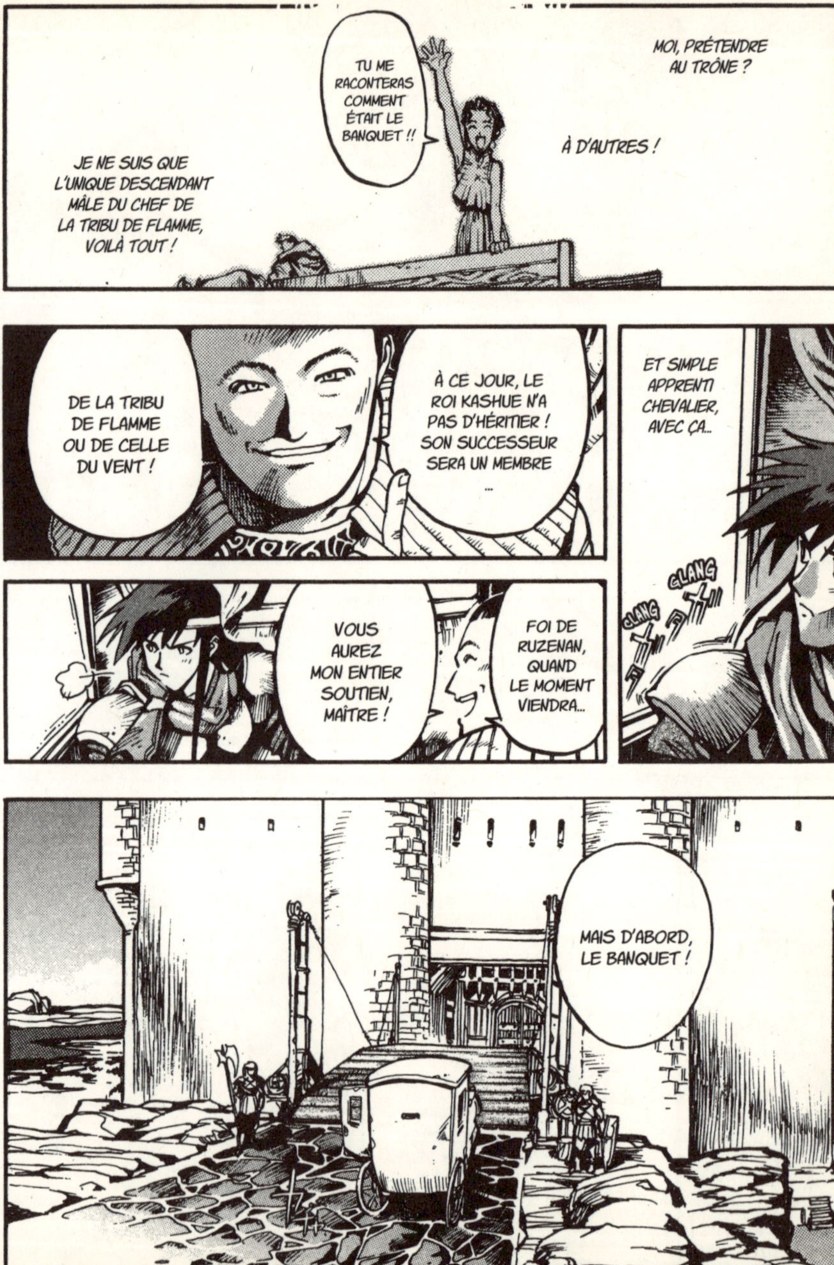

MOI, PRÉTENDRE AU TRÔNE ?
À D'AUTRES !
TU ME RACONTERAS COMMENT ÉTAIT LE BANQUET !!
JE NE SUIS QUE L'UNIQUE DESCENDANT MÂLE DU CHEF DE LA TRIBU DE FLAMME, VOILÀ TOUT !
ET SIMPLE APPRENTI CHEVALIER, AVEC ÇA...
CLANG
CLANG
À CE JOUR, LE ROI KASHUE N'A PAS D'HÉRITIER ! SON SUCCESSEUR SERA UN MEMBRE ...
DE LA TRIBU DE FLAMME OU DE CELLE DU VENT !
FOI DE RUZENAN, QUAND LE MOMENT VIENDRA...
VOUS AUREZ MON ENTIER SOUTIEN, MAÎTRE !
MAIS D'ABORD, LE BANQUET !

EN TEMPS ORDINAIRE, ON N'INVITE JAMAIS LES APPRENTIS AUX BANQUETS...
SERAIT-CE À CAUSE DE MON STATUT PARTICULIER ?
DANS CE CAS, JE VAIS LUI DIRE, AU ROI ! JE N'AI AUCUNE INTENTION DE BRIGUER LA COURONNE !!
CLANG
CLANG
TIENS ! MESSIRE SPARK ! VOUS VENEZ VOIR LE ROI, JE CROIS ?
ENTREZ DONC !
TU NE COMPTES TOUT DE MÊME PAS ME FAIRE PASSER AVANT TOUT LE MONDE ?!
JE VOUS EN PRIE.... OU LE COMTE RUZENAN VA M'INFLIGER UNE PUNITION...
LE SEIGNEUR SPARK !!
BOONG
TROP, C'EST TROP !!
TZAM

POF
APPRENTI CHEVALIER SPARK, POUR VOUS SERVIR !
J'ESPÈRE QUE SA MAJESTÉ SE PORTE BIEN...
...
?!

OUPS...
JE SUIS PAR ICI, DÉSOLÉ !
TCHAC
TOUTES MES EXCUSES, VOTRE MAJESTÉ !!
C'EST MOI QUI MANQUE DE POLITES-SE, PARDONNE-MOI ! À VRAI DIRE, DES AMIS SONT VENUS ME RENDRE VISITE...
ÇA FAISAIT LONGTEMPS ! COMMENT VAS-TU, SPARK ?
CLANG

TA DAM
BONJOUR, JEUNE CHEVALIER.
JE SUIS PARN, CHEF DES CHEVALIERS DE L'ARMÉE LIBRE DE KANON.
JE M'APPELLE DEEDLIT. RAVIE DE TE RENCONTRER...
OH, JE NE SUIS ENCORE QU'UN SIMPLE APPRENTI, VOUS SAV...
UNE MINUTE...
ILS ONT BIEN DIT "PARN" ET "DEEDLIT" ?!

PARN LE CHEVALIER LIBRE ET DEEDLIT LA HAUTE ELFE ? CEUX DE LA LÉGENDE ?!
C'EST EN ENTENDANT LA GESTE DE PARN ET DE LA GUERRE DES HÉROS QUE J'AI VOULU DEVENIR CHEVALIER !!
PLOF
ALORS ? QU'ES-TU VENU ME DIRE ?
HEIN ?!
JE T'AI FAIT VENIR AFIN DE TE PRÉSENTER PARN !
VOILÀ QUI EST CHOSE FAITE...
AH... EUH...
J'AIMERAIS SAVOIR POURQUOI VOUS M'AVEZ INVITÉ AU BANQUET, ALORS QUE...

RENCONTRER UN CHEVALIER DE LÉGENDE...
MOI QUI SUIS ENCORE SI PEU DE CHOSE... QUEL CRÈVE-CŒUR !
J'AURAIS VOULU LUI PARLER DE CHEVALIER À CHEVALIER, MAIS JE NE SUIS QU'UN SIMPLE APPRENTI... QUI SAIT SI JE RECROISERAI UN JOUR SON CHEMIN !
PERMETTEZ-MOI DE VOUS POSER UNE QUESTION, VOTRE MAJESTÉ...
POURQUOI NE SUIS-JE TOUJOURS QU'APPRENTI ?!
MES ACTES VOUS PROUVENT POURTANT QUE J'AI LES CAPACITÉS D'UN VRAI CHEVALIER !

CETTE PLAINTE ÉMANE-T-ELLE DE LA TRIBU DE FLAMME ?
NON... C'EST DE MOI-MÊME QUE...
DANS CE CAS, TRÊVE D'IMPERTINENCES, APPRENTI CHEVALIER SPARK !!
LAF
SERAIS-TU INSATISFAIT DE MA DÉCISION ?!
N... NON, JE NE ME SERAIS JAMAIS PERMIS ...
BON SANG, QU'EST-CE QUI M'A PRIS ?!!
BIEN SÛR QUE LE ROI EST EN COLÈRE, COMMENT POURRAIT-IL EN ÊTRE AUTREMENT ?!
IL SUFFIT ! TU PEUX DISPOSER, SPARK !!

BAM
PARN, QUE PENSES-TU DE NOTRE JEUNE AMI ?
IL ME PARAÎT VIF D'ESPRIT ET PLEIN D'ARDEUR !
J'AI EU L'IMPRESSION DE ME VOIR QUAND J'ÉTAIS PLUS JEUNE !
HA HA HA, EFFECTI-VEMENT !

BIENVENUE DANS CETTE BELLE PIÈCE VIDE !
JE VOUS ATTENDAIS ...
SLAYNE !!
VOUS AVEZ L'AIR EN FORME, TOUS LES DEUX ! JE SUIS CONTENT DE VOUS VOIR...
ÇA FAIT AU MOINS DIX ANS, PAS VRAI ?
EXACT.
LE COSTUME DE MAGE DE LA COUR TE VA BIEN !
VOUS DEVEZ AVOIR BEAUCOUP DE CHOSES À VOUS RACONTER, APRÈS TOUT CE TEMPS...
MAIS GARDONS ÇA POUR LE BANQUET.
ENTENDU.
ZOUP
À VRAI DIRE, LES CHOSES ONT RECOMMENCÉ À CHANGER SUR LODOSS...

VLAG
FLAIM
NAVIA
VALIS
KANON
MOSS
MARMO
IL A FALLU RETOUCHER CETTE CARTE DES FORCES EN PRÉSENCE SUR L'ÎLE...
LA SOURCE PERMANENTE DU CHAOS : MARMO, L'ÎLE DES TÉNÈBRES !
POC...
AUCUN CONFLIT MAJEUR N'A ÉCLATÉ AVEC MARMO CES DIX DERNIÈRES ANNÉES...
MAIS NOUS N'EN AVONS PAS ENCORE TERMINÉ AVEC EUX !

CETTE FOIS, NOUS ALLONS POUVOIR EN FINIR UNE BONNE FOIS POUR TOUTES...
TOUT PORTE À CROIRE QU'UNE GRANDE GUERRE SE PRÉPARE....
VOUS VOULEZ PARLER DU DUC RASTER, N'EST-CE PAS ?
CE CHER PARN... TOUJOURS AU COURANT DE TOUT !
LE DUC RASTER D'ALANIA S'EST ALLIÉ À MARMO...
CE QUI CHANGE COMPLÈTEMENT LA DONNE.
POUR ÊTRE PLUS PRÉCIS...
POF
LA CAPITALE NOVICE...
PUIS ZAXXON...
FLAIM
ALANIA
VALIS
KANON
MARMO
MARMO EST CLAIREMENT EN TRAIN D'ÉTENDRE SON INFLUENCE EN RONGEANT ALANIA DE L'INTÉRIEUR !

SLAYNE, TON FLAIR TE TROMPE RAREMENT... ALORS TU M'INQUIÈTES !
TU NE VOUDRAIS PAS NOUS EN DIRE PLUS ?
HA HA HA...
M... MAIS RIEN DE BIEN PRÉCIS, ENCORE...
?
UN AUTRE DÉTAIL ME TRACASSE...
TRÈS BIEN... VOILÀ...
AH LÀ LÀ...
PLOF

TOUT LE MONDE ESSAIE DE ME TOUCHER LES CHEVEUX...
HA HA HA... TU AS TOUJOURS AUTANT DE SUCCÈS, DEEDO !
TON CHIGNON EST DÉFAIT !
LES DAMES DU PALAIS AIMERAIENT CONNAÎTRE LE SECRET DE LA BEAUTÉ DES HAUTS ELFES !
IL FAUT LEUR PARDONNER ...
C'EST VRAI, JE SUIS BELLE ? OH LÀ LÀ !
J'EN CONNAIS UNE QUI A TROP BU !

AU FAIT, OÙ EST SPARK ?
...
VOUS AVEZ L'AIR DE LUI PORTER BEAUCOUP D'INTÉRÊT, MAJESTÉ...
COMMENT SE FAIT-IL QUE VOUS L'EMPÊCHIEZ DE MONTER EN GRADE ?
IL NE VA PAS SE LAISSER ABUSER BIEN LONGTEMPS...
IL POURRAIT DEVENIR UN VAILLANT CAPITAINE DE CHEVALERIE OU UN ÉMINENT FONCTIONNAIRE, MAIS J'AI D'AUTRES DESSEINS POUR LUI !
HMM... LE SURPROTÉGER N'EST PAS FORCÉMENT UNE BONNE CHOSE !
JE POURRAIS L'EMMENER AVEC MOI DANS MA PROCHAINE CAMPAGNE ...
LE ROYAUME A POUR RÈGLE DE NE JAMAIS ENVOYER D'APPREN-TIS AU COMBAT.
EN TOUT CAS, VOUS AVEZ L'ŒIL, VOTRE MAJESTÉ...
CE JEUNE HOMME A L'ÉTOFFE D'UN GRAND CHEVALIER !

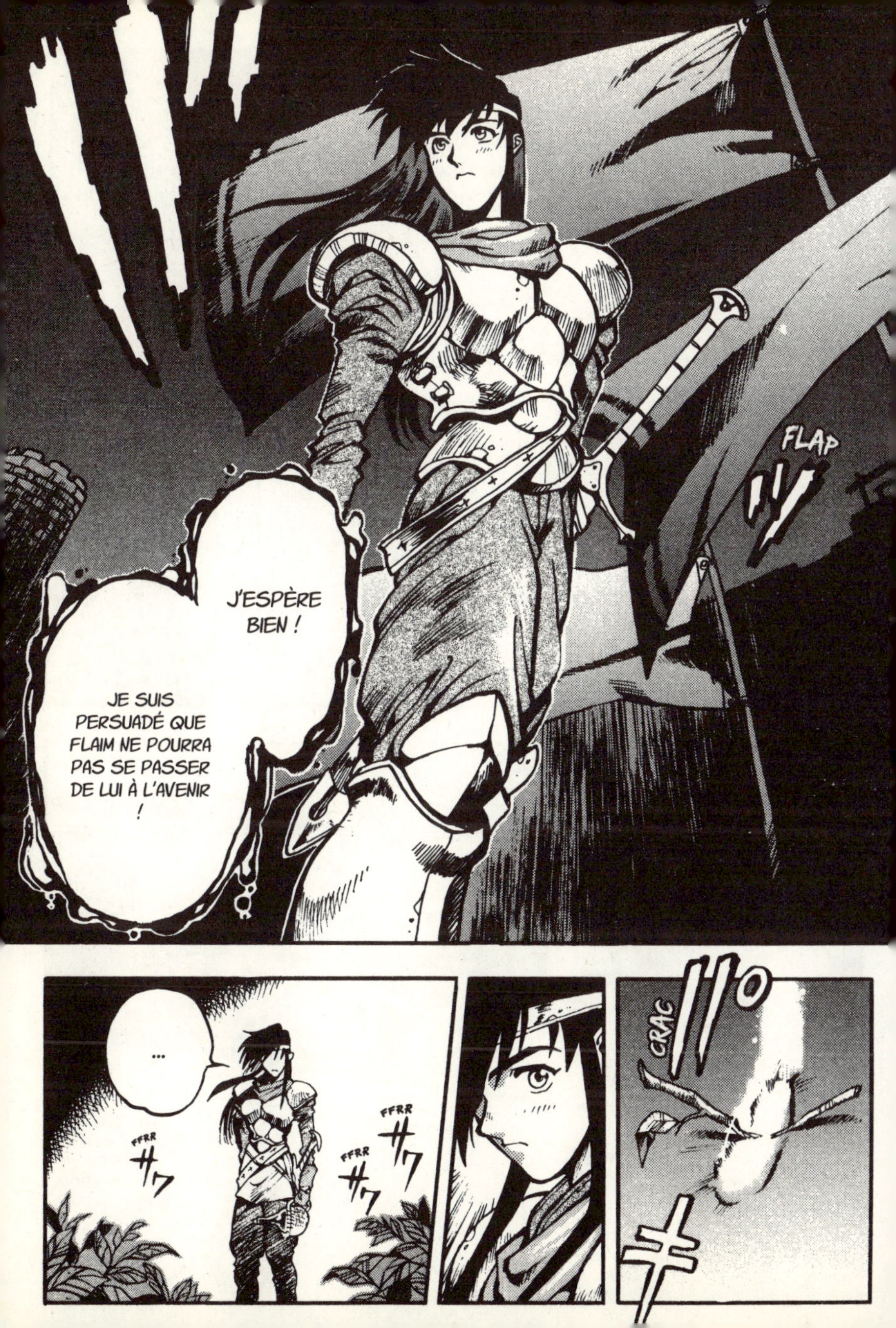
FLAP
J'ESPÈRE BIEN !
JE SUIS PERSUADÉ QUE FLAIM NE POURRA PAS SE PASSER DE LUI À L'AVENIR !
...
FFRR
FFRR
FFRR
CRAC

HÉ HÉ ! MERCI BIEN !
HEIN ? NON, JE PASSAIS JUSTE PAR LÀ...
TIENS, SEIGNEUR SPARK ! VOUS M'APPORTEZ À BOIRE ?
C'EST LA SALLE DU TRÉSOR ?
EH OUI... QUELLE GUIGNE DE ME RETROUVER DE GARDE ICI UN SOIR DE BANQUET !
ZIOUUP
CRR
JE SENS UNE PRÉSENCE, DEPUIS TOUT À L'HEURE...
?!
UN SEUL GARDE À LA PORTE DU COFFRE, CE N'EST PAS UN PEU RISQUÉ ?
HEIN ?

NE VOUS EN FAITES PAS ! AVEC LE SORTILÈGE DE PROTECTION DE MAÎTRE SLAYNE...
TCHAC
ZLAC
AARGH !!
?!
WOUUUSH

UN ELFE NOIR ?!
SCHLING
QUE FAIT UN AGENT DE MARMO DANS L'ENCEINTE DU CHÂTEAU ?! IL COMPTE FORCER LE COFFRE ?!
TCHAK

QUE FAIRE ?! S'IL EST SEUL, JE POURRAI PEUT-ÊTRE EN VENIR À BOUT...
CELA DIT, S'IL UTILISE SA MAGIE POUR SE RENDRE INVISIBLE, JE SUIS FOUTU ! SAUF SI JE PEUX LE TUER AVANT...
C'EST QUITTE OU DOUBLE !!
SI JE GAGNE, À MOI LE TITRE DE CHEVALIER !
FUIT

PLANG
GRR
GRR
ZWIIIING
BOM
AAHH !!
PSCHIT
C'EST GAGNÉ !!
FRRR

ZIOUM
VLAF
WOUSH
ZOOOOUP

BRRRRRRR
BON SANG...
JE ME SUIS FAIT AVOIR !!
PLONG
HÉ HÉ !
ILS SONT AU MOINS CINQ... JE N'AI AUCUNE CHANCE !!
RÉFLÉCHIS, SPARK !! QUE FERAIT UN CHEVALIER ?!
FUIT
...
PRENEZ ÇA !
ZOUM

ZOUM
DES VOLEURS À LA SALLE DU TRÉSOR !!
CINQ ELFES NOIRS À LA SALLE DU TRÉSOR...
COUIC
ZOUM
SPLOTCH

PLAF
IMPOSSIBLE !!
J'AI TROP PRÉSUMÉ DE MON POUVOIR...

CE QUE JE CRAIGNAIS EST FINALEMENT ARRIVÉ...
CE DONT TU PARLAIS TOUT À L'HEURE ?
UN NOUVEAU MALHEUR S'EST ABATTU SUR LODOSS...
AMENEZ-MOI SPARK !!
JE LUI AI APPLIQUÉ UN SORTILÈGE DE GUÉRISON, MAIS IL EST ENCORE TÔT ...
TAC
SPARK, POUR VOUS SERVIR, VOTRE MAJESTÉ !
JE VOUS PRÉSENTE MES EXCUSES...
GRR
IMBÉCILE !! POURQUOI NE PAS AVOIR DONNÉ L'ALERTE IMMÉDIATEMENT ?!
J... J'ESPÉRAIS M'EN SORTIR SEUL...
JE SUIS PRÊT À ACCEPTER N'IMPORTE QUELLE PUNITION...

DANS CE CAS, VOICI MES ORDRES, APPRENTI CHEVALIER SPARK !
DAAM
TU VAS POURSUIVRE LES VOLEURS ET RAMENER LE TRÉSOR QU'ILS ONT DÉROBÉ !!
GLOUPS
VOUS ME DONNEZ UNE CHANCE DE RÉTABLIR MON HONNEUR ?!
NE TE RÉJOUIS PAS TROP VITE, SPARK !! NE SONGE MÊME PAS À REPASSER LES PORTES DE CE CHÂTEAU AVANT D'AVOIR ACCOMPLI TA MISSION !!
À VOS ORDRES, MAJESTÉ !!
JE DONNERAI MA VIE S'IL LE FAUT !!

BOM
SATISFAIT, PARN ?
LA GUERRE CHANGE TOUS LES HOMMES, POUR LE MEILLEUR ET POUR LE PIRE...
...
JE SUIS SÛR QU'IL EN RETIRERA QUELQUE CHOSE !

FUIT

CHAPITRE 2
LE PLAN DES TÉNÈBRES

PSCHI
RÉSUR-RECTION ...
RÉSUR-RECTION ...

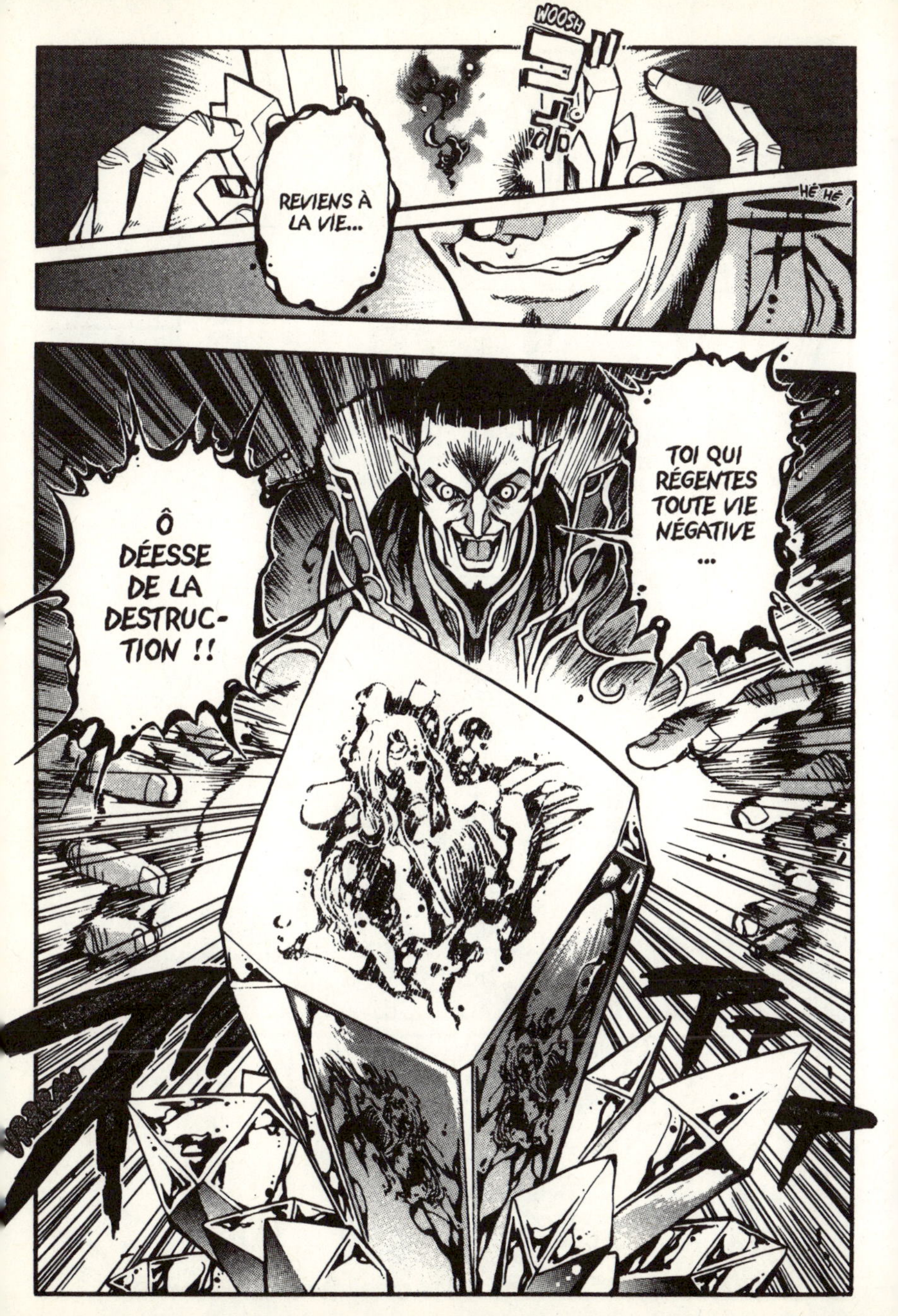
WOOSH
REVIENS À LA VIE...
HÉ HÉ !
TOI QUI RÉGENTES TOUTE VIE NÉGATIVE ...
Ô DÉESSE DE LA DESTRUCTION !!

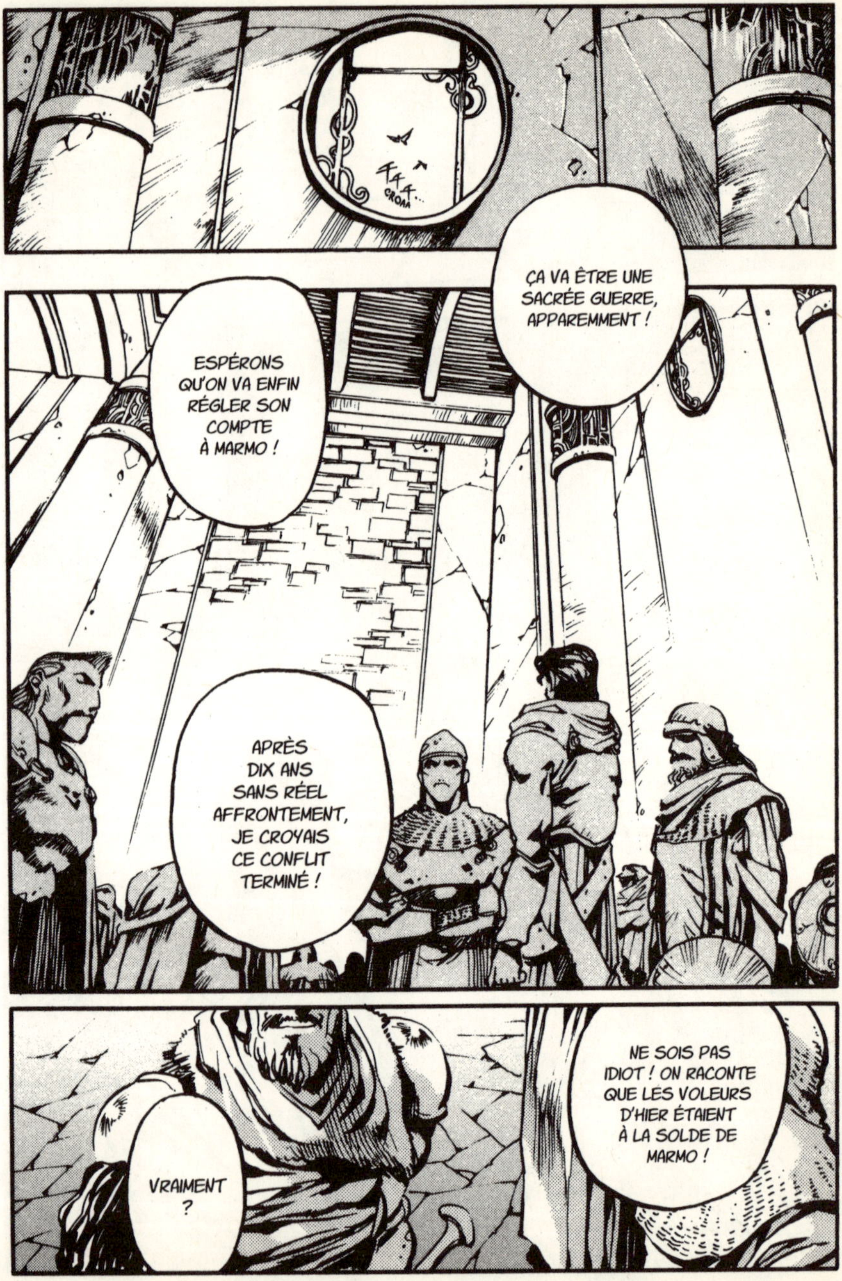
CROAA
ÇA VA ÊTRE UNE SACRÉE GUERRE, APPAREMMENT !
ESPÉRONS QU'ON VA ENFIN RÉGLER SON COMPTE À MARMO !
APRÈS DIX ANS SANS RÉEL AFFRONTEMENT, JE CROYAIS CE CONFLIT TERMINÉ !
NE SOIS PAS IDIOT ! ON RACONTE QUE LES VOLEURS D'HIER ÉTAIENT À LA SOLDE DE MARMO !
VRAIMENT ?

GLOUPS
OUAIS... IL PARAÎT QU'ILS ONT DÉROBÉ UN TRÉSOR...
SANS MÊME QU'ON S'EN APERÇOIVE !
QUE FAISAIT LE GARDE, BON SANG ?!
CE TYPE EST LA HONTE DU ROYAUME !
TU L'AS DIT !!
FUIT

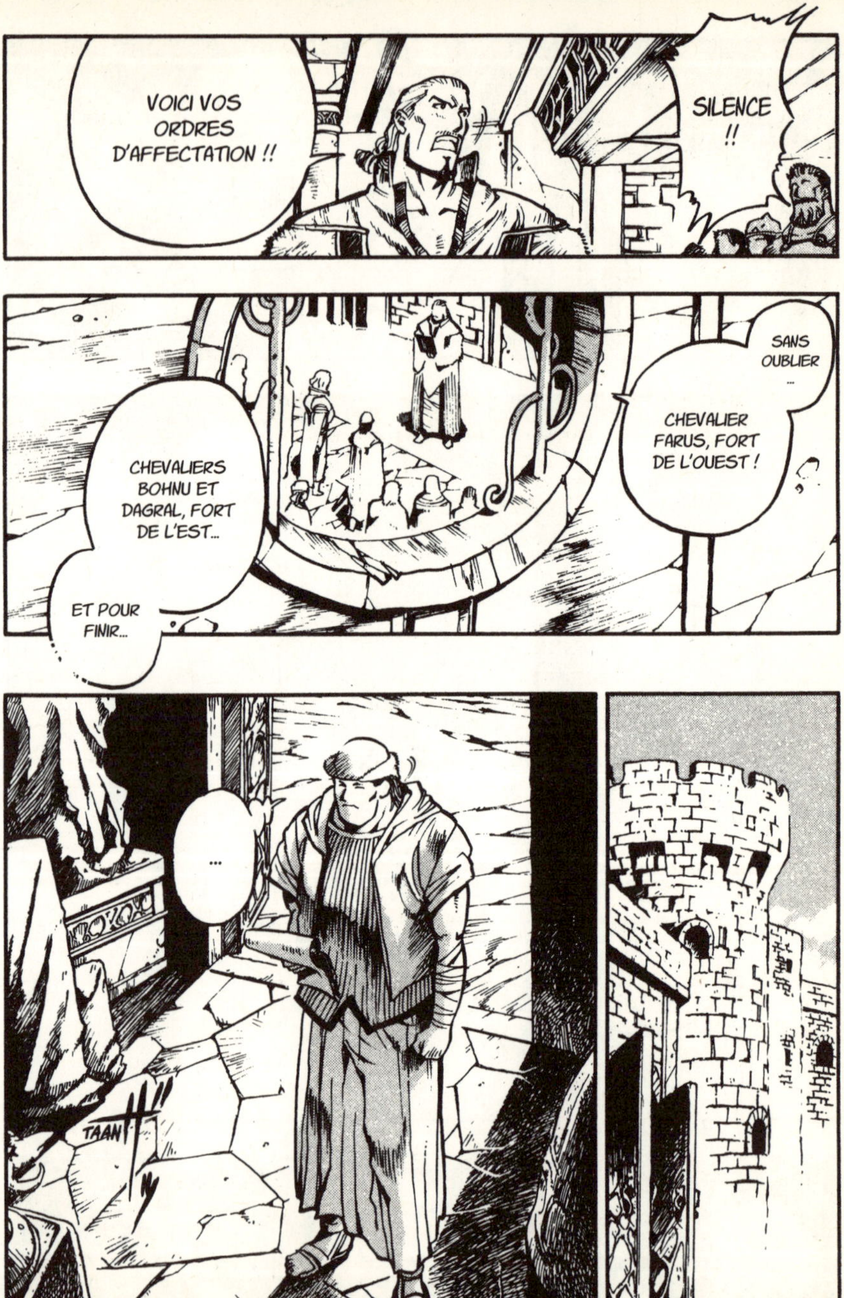

SILENCE !!
VOICI VOS ORDRES D'AFFECTATION !!
SANS OUBLIER ... CHEVALIER FARUS, FORT DE L'OUEST !
CHEVALIERS BOHNU ET DAGRAL, FORT DE L'EST...
ET POUR FINIR...
...
TAAN

LES VOLEURS N'ONT PAS CHERCHÉ À PRENDRE AUTRE CHOSE...
ILS N'ONT EMMENÉ QUE ÇA...
MAÎTRE SLAYNE !!
IL SEMBLERAIT QU'UN DE CES CINQ ELFES NOIRS SOIT UN SACRÉ SORCIER !
CE QU'ILS CHERCHAIENT... ÉTAIT-CE VRAIMENT...
OUI. ÇA NE FAIT PLUS AUCUN DOUTE !
...
EN TANT QUE RESPONSABLE DU TRÉSOR, JE SUIS VRAIMENT CONFUS...
VOUS N'Y ÊTES POUR RIEN, ALDO NOVA.
C'ÉTAIT MON SORTILÈGE !

DE TOUTE ÉVIDENCE...
S'ILS ONT VOLÉ LE CRISTAL D'ÂME, C'EST QU'ILS CONNAISSAIENT SON SINISTRE POUVOIR SECRET !
MAIS QUI POURRAIT FAIRE UNE CHOSE AUSSI STUPIDE ?!
VAGNARD, LE PRÊTRE NOIR DE MARMO...
JE CRAINS QUE CE NE SOIT LUI...
CHEVALIER CALBEROS, TU MONTES LA GARDE AU CHÂTEAU...
CE SERA TOUT !!
...

BOM
A... ATTENDEZ !!
ET MOI, ALORS ?!
LE ROI M'A PERSON-NELLEMENT ORDONNÉ DE POURSUIVRE LES VOLEURS ...
VOUS DEVEZ ATTENDRE VOTRE AFFECTATION, SEIGNEUR SPARK...
VOUS PLAISANTEZ !! PLUS J'ATTENDRAI, ET PLUS ILS S'ÉLOIGNERONT !
DÉSOLÉ DE VOUS INTERROMPRE. JE CHERCHE UN NIGAUD DU NOM DE SPARK...
HEIN ?
KOF KOF

L'APPRENTI CHEVALIER PAS TRÈS FUTÉ QUI LAISSE LES BANDITS S'ENFUIR !
LE NIGAUD EN QUESTION... C'EST MOI...
JE SUIS MERCENAIRE, COMME TU PEUX LE VOIR !
À COMPTER D'AUJOURD'HUI, TU ES MON NOUVEAU CHEF !
TCHIC
ENCHANTÉ !
...

HÉ HÉ...
TCHOP
MAIS...
JE COMPTE SUR TOI, CHEF !!
FLAK
FLAK
C'EST QUOI, CE CIRQUE ?! JE PEUX SAVOIR QUI TU ES ?!
VLAC
MOI, C'EST GARRACK...
ON M'APPELLE AUSSI "LE MÉTÉORE BLEU", À CAUSE DE CETTE CICATRICE !
ALLONS BON ! TU ES LÀ AUSSI, GARRACK ?
CE N'EST PAS UNE MISSION TRÈS SÉRIEUSE, ALORS !

TIENS, TIENS, COMME ON SE RETROUVE !
C'EST LUI, NOTRE NOUVEAU CHEF ?
JE SUIS LEAF. MERCENAIRE SEMI-ELFE...
ENCHANTÉE !
TAP
UNE MINUTE !!
QUELQU'UN POURRAIT ME DIRE CE QUI SE PASSE ?!
TOC
TOC
JE CHERCHE SPARK, IL EST LÀ ?

ENCORE ?! QUI ME DEMANDE, CETTE FOIS ?!
DÉ... DÉSOLÉ... JE TOMBE MAL ?
CHEVALIER PARN !
TOUTES MES EXCUSES !!
JE COMPRENDS TON IMPATIENCE, MAIS UNE MISSION IMPORTANTE, ÇA SE PRÉPARE !
COMPRIS !!
LONG
CLING
CLONG
CLANG

TCHA
P... POURQUOI VOULIEZ-VOUS ME VOIR ?
NOUS Y VOILÀ !
TAAN
MAIS C'EST...

TCHOC
LA SALLE D'ARMES...
QU'EST-CE QU'ON FAIT LÀ ?
ATTRAPE !!
HEIN ?!
M... MAIS...
PLOF

JE NE T'AI PAS AMENÉ ICI POUR FAIRE LA CAUSETTE...
MAIS POUR ME FROTTER À TOI !
!!!
SCHLIIIIING

LE ROI KASHUE DIT QUE TU ES PLUTÔT DOUÉ !
MAIS PEUT-ÊTRE PRÉFÉRERAIS-TU UN AUTRE PARTENAIRE ?
E... EN AUCUNE FAÇON !!
C'EST UN TEL HONNEUR !
BRRL
BRRL
CROISER LE FER AVEC PARN, LE LÉGENDAIRE CHEVALIER LIBRE...
J'AI L'IMPRESSION DE RÊVER !!

PLAAANG
MÊME SI CETTE LAME N'EST PAS AIGUISÉE, BATS-TOI COMME DANS UN DUEL À MORT !
UNE FOIS LE COMBAT ENGAGÉ, TU NE DOIS PLUS HÉSITER !
COMPRIS !
TA CHARGE N'EST PAS ASSEZ RÉFLÉCHIE !!
COMPRIS !
KLANG
KLING
IL NE SUFFIT PAS DE SE JETER SUR L'ENNEMI POUR LE TERRASSER !!
COMPRIS !!
TU ES TROP NAÏF !!

INTERPRÈTE LES MOUVEMENTS DE TON ADVERSAIRE !!
CONSTRUIS TON ATTAQUE POUR POUVOIR LE COINCER !!
GUETTE LA MOINDRE OUVERTURE ! À DÉFAUT, BATS-TOI JUSQU'À EN TROUVER UNE !!
VLAF
ZOUP
HAN...
HAN...
HAN...
COMPRIS !
PAS ÉTONNANT QUE LE ROI L'AIT CHOISI ! IL EST DOUÉ...
JE FAISAIS LE TOUR DU PAYS, À L'ÉPOQUE DE SA FONDATION...

UN JOUR, EFFRAYÉ PAR UN GOBELIN ÉGARÉ, LE CHEVAL QUE JE MONTAIS...
FFUT
PARTIT À BRIDE ABATTUE...
TAGADA
MAJESTÉ !!
TAGADA
ET LÀ, EN UN INSTANT...
BÊÊ
BÊÊ

TAK
HOO !
HOO !
!!
IL Y AVAIT UNE TELLE FORCE DANS LE REGARD DE CE JEUNE GARÇON QUE MON CHEVAL ET MOI ÉTIONS COMME PARALYSÉS...

BRRRFF !
LÀ, LÀ !
VOILÀ, CALME-TOI !
COMMENT T'APPELLES-TU ?
SPARK !

TCHANG
TU VAS MENER À BIEN LA TÂCHE QUE T'A CONFIÉE LE ROI !
À VOS ORDRES !!
JE VOUS PROMETS DE NE PLUS OUBLIER MA MISSION...
ET DE NE PAS RÉPÉTER LA MÊME ERREUR QU'HIER SOIR !!
NON...
CE N'EST PAS CE QU'ON TE DEMANDE !
AH NON ?
N'OUBLIE JAMAIS QUI TU ES !
NE DEVIENS PAS UN HOMME QUI SE CONTENTE D'ACCOMPLIR MA-CHINALEMENT LES MISSIONS QU'ON LUI DONNE...

UN JOUR, TU COMPRENDRAS CE QUE JE VEUX DIRE...
"NE DEVIENS PAS UN HOMME QUI SE CONTENTE D'ACCOMPLIR MACHINALEMENT LES MISSIONS QU'ON LUI DONNE" ?
IL Y EN A ENCORE D'AUTRES, CHEF !
?
VLOOM
AAAH !
JE VIENS VOUS DONNER UN COUP DE MAIN POUR TRAQUER LES VOLEURS ! JE SUIS LE MAGE ALDO NOVA.
ENCHANTÉ DE VOUS RENCONTRER, MESSIRE SPARK !
EUH... MOI AUSSI...
QUEL COLOSSE !

VOUS AUSSI, PÈRE GREEVUS ?!
JE VOUS ACCOMPAGNE !
LAISSEZ PASSER !
TU ES IDIOT OU QUOI ? ÇA VEUT DIRE QUE LE VOYAGE SERA RUDE, JUSTEMENT !
AVEC UN MAGE ET UN PRÊTRE DANS LA TROUPE, ME V'LÀ COMPLÈTEMENT RASSURÉ !
VOUS DEVEZ PARTIR IMMÉDIATEMENT, SEIGNEUR SPARK !!
ON A RETROUVÉ LA PISTE DES VOLEURS AU FORT DU SUD !
ENFIN !
ON A DU NOUVEAU !!
ZIOUM

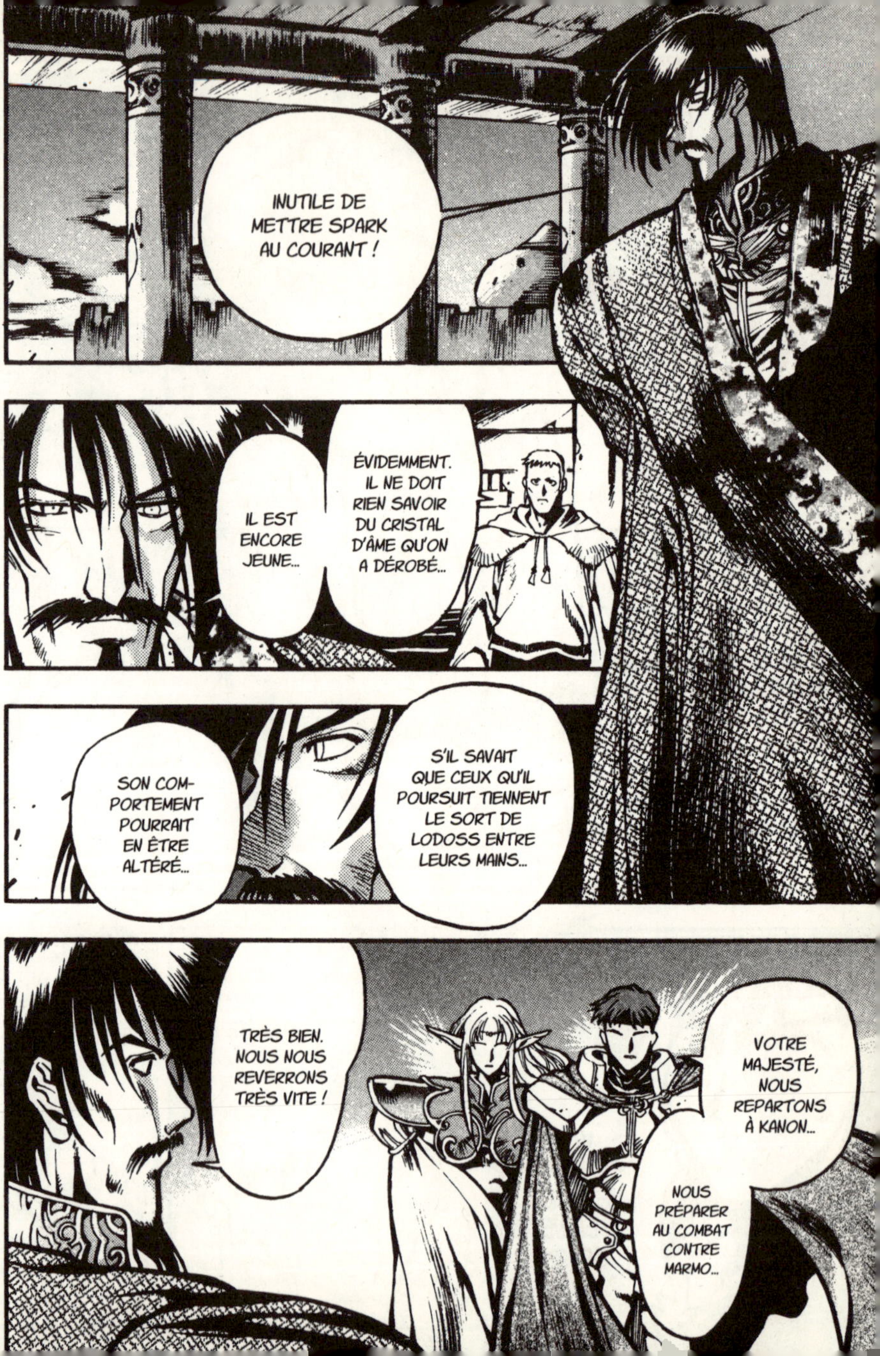
INUTILE DE METTRE SPARK AU COURANT !
ÉVIDEMMENT. IL NE DOIT RIEN SAVOIR DU CRISTAL D'ÂME QU'ON A DÉROBÉ...
IL EST ENCORE JEUNE...
S'IL SAVAIT QUE CEUX QU'IL POURSUIT TIENNENT LE SORT DE LODOSS ENTRE LEURS MAINS...
SON COMPORTEMENT POURRAIT EN ÊTRE ALTÉRÉ...
VOTRE MAJESTÉ, NOUS REPARTONS À KANON...
NOUS PRÉPARER AU COMBAT CONTRE MARMO...
TRÈS BIEN. NOUS NOUS REVERRONS TRÈS VITE !

LES FESTIVITÉS REPRENNENT ENFIN...
TZAM
TZAM
UN NOUVEAU DESTIN ATTEND LODOSS !!

TIENS ? JE CROYAIS QU'IL N'Y AVAIT QUE CINQ PISTEURS...
BEN OUI, ET ALORS ?
C'EST CURIEUX...
UN, DEUX... TROIS...
QUATRE... CINQ... SIX !!
IL Y EN A BIEN SIX !
BIZARRE...

CHAPITRE 3 LE PIÈGE NC

SNIF
くん
SNIF
くん
ZAM
ZAM

ZOOOOUP
JE RAMÈNERAI L'OBJET DE CULTE QU'ILS ONT VOLÉ !
JE RÉTABLIRAI MON HONNEUR !!
CHEF, SI ON S'ARRÊTAIT ? À CE RYTHME-LÀ, ON NE TIENDRA JAMAIS !

SI ON NE TRAVERSE PAS CE DÉSERT AVANT LE LEVER DU SOLEIL, ON VA RÔTIR SUR PLACE, GARRACK !
POURQUOI ON N'A PAS PRIS LA ROUTE QUI SUIT LA RIVIÈRE ?
COMME ÇA, ON AURAIT PU PARTIR À CHEVAL...
ÇA T'ARRIVE D'UTILISER TA CERVELLE ?
PLUTÔT QUE DE SUIVRE LA ROUTE À CHEVAL JUSQU'AU FORT DU SUD...
C'EST PLUS RAPIDE DE COUPER PAR LE DÉSERT !
EXAC-TEMENT !

ON AURAIT PU PRENDRE UN CHARIOT, AU MOINS...
GRRR
!!
ATTENDS, ALDO NOVA !!
ZLAM
PLAF
SHRR
SHRR
DES SABLES MOUVANTS ...
ON AURAIT EU L'AIR MALINS, DE NUIT DANS LE DÉSERT AVEC NOTRE CHARIOT !
LES MERCENAIRES NE SONT PLUS CE QU'ILS ÉTAIENT...

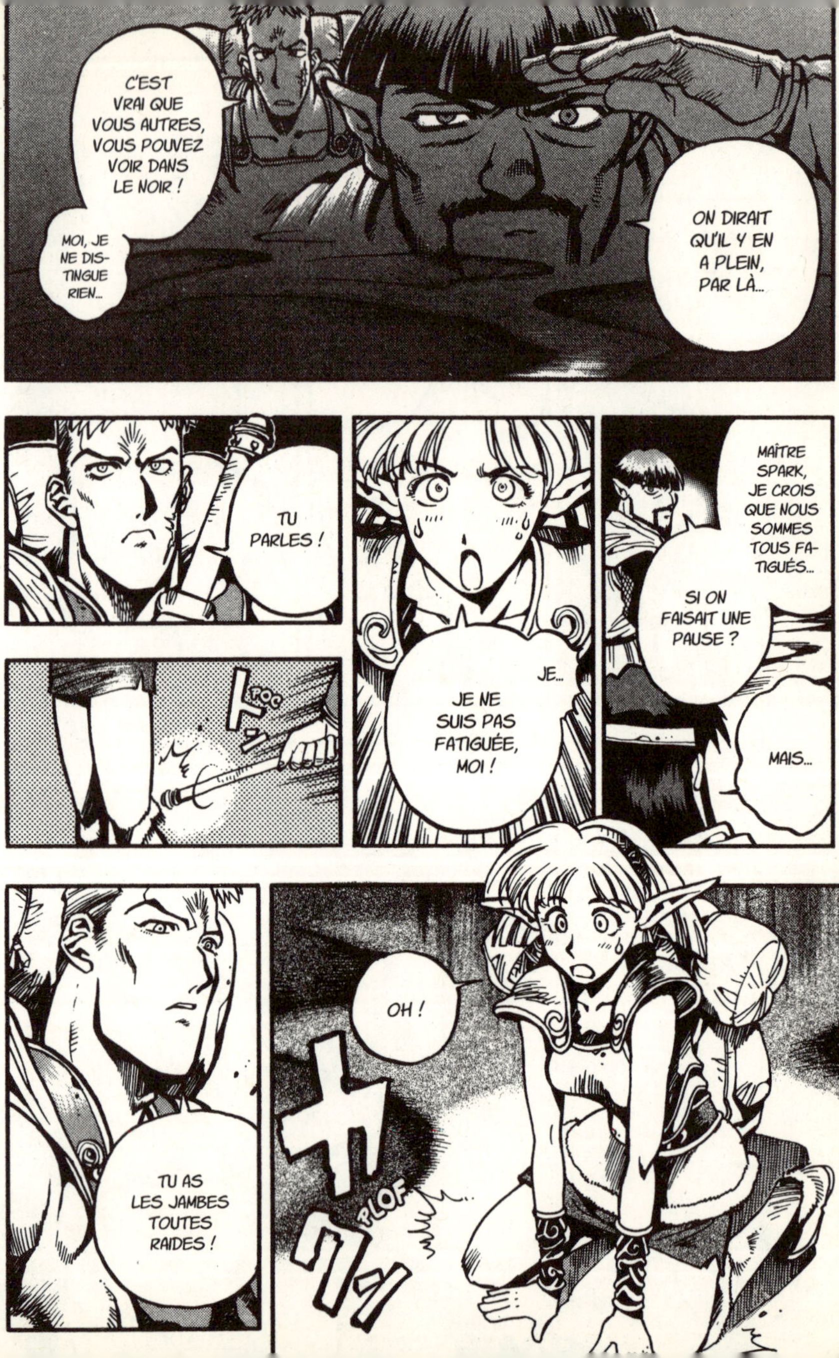

ON DIRAIT QU'IL Y EN A PLEIN, PAR LÀ...
C'EST VRAI QUE VOUS AUTRES, VOUS POUVEZ VOIR DANS LE NOIR !
MOI, JE NE DISTINGUE RIEN...
MAÎTRE SPARK, JE CROIS QUE NOUS SOMMES TOUS FATIGUÉS...
SI ON FAISAIT UNE PAUSE ?
MAIS...
JE...
JE NE SUIS PAS FATIGUÉE, MOI !
TU PARLES !
POC
OH !
PLOF
TU AS LES JAMBES TOUTES RAIDES !

CHEF... EN CAS DE BESOIN, ON NE SERA BONS À RIEN DANS CET ÉTAT !
ÇA VA, J'AI COMPRIS !!
ESPRIT DU FEU ! NOURRIS-NOUS DE TA CHALEUR...
FLOSH
AAH, JE REVIS...
PÈRE GREEVUS ...

POURQUOI UN PRÊTRE DE VOTRE RANG A-T-IL SOUHAITÉ M'ACCOMPAGNER ?
...
COMMENT AS-TU RÉAGI QUAND TU AS AFFRONTÉ CES VOLEURS ?
CRUI
DES VOLEURS À LA SALLE DU TRÉSOR !!
?!
À MA GRANDE HONTE, J'AI JETÉ MON ÉPÉE ET TOURNÉ LE DOS À L'ENNEMI...
C'EST MOI QUI AI SOIGNÉ PAR UN SORTILÈGE DE GUÉRISON LA BLESSURE QU'ILS T'ONT INFLIGÉE CE JOUR-LÀ.
C... C'EST VOUS QUI M'AVEZ SOIGNÉ ?!
ET JE ME SUIS DIT...

QUE D'ALLER JUSQU'À JETER SON ÉPÉE POUR POUVOIR ÉCHAPPER À L'ENNEMI...
ÇA DEMANDAIT UNE SACRÉE DOSE DE COURAGE !
DU COURAGE ...
J'AVOUE QUE ÇA M'A PLU, MAÎTRE SPARK... C'EST UNE MAUVAISE RAISON ?
JE... JE NE SUIS ENCORE QU'APPRENTI... APPELEZ-MOI SPARK...

SPARK… POUR ÊTRE FRANC, IL Y A QUELQUE CHOSE QUI ME PRÉOCCUPE…
COMMENT ÇA ?
J'AI L'IMPRESSION DE SENTIR UNE PRÉSENCE DEPUIS QUE NOUS AVONS QUITTÉ LE CHÂTEAU. PAS TOI ?
…
MAINTENANT QUE VOUS LE DITES…
EN Y REPENSANT, C'EST UN PEU COMME SI UNE FORCE QUELCONQUE…
NOUS EMPÊCHAIT DE NOUS RETOURNER POUR VÉRIFIER…
UN SORT ?!
JE NE SAIS PAS…
JE NE SENS PLUS RIEN À PRÉSENT…
CE N'ÉTAIT PEUT-ÊTRE QUE MON IMAGINATION, APRÈS TOUT !

OUPS, C'EST BRÛLANT !
SHRR
SHRR
UN PEU DE THÉ, CHEF ?
POURQUOI PAS ?
AU FAIT, QU'EST-CE QU'ON FERA QUAND ON AURA RATTRAPÉ LES VOLEURS ?
CINQ ELFES NOIRS, TOUT DE MÊME !
TU DOIS BIEN AVOIR PRÉVU QUELQUE CHOSE !
GLOU
GLOU
MÊME PAS !
ON SE BATTRA À MORT ET ON VERRA BIEN !
VLOUP
HEIIN
VLOUUSH

OUUAAAAAH !!!
TU AS VRAIMENT DE DRÔLES DE QUESTIONS !
AU MOINS, ON PEUT S'EN REMETTRE À TON SORTILÈGE DE GUÉRISON...
FOUUU
AU FAIT, CE TRÉSOR QU'ONT VOLÉ LES ELFES, C'EST QUOI EXACTEMENT ?
GLOUPS
ALLONS BON ! SI JE COMPRENDS BIEN, C'EST JUSTE POUR UNE QUESTION D'HONNEUR NATIONAL ...
QU'ON NOUS A MOBILISÉS ?
PLOF
HEIIN ?!
UN... UN PETIT OBJET DE CULTE INSIGNIFIANT NOMMÉ "CRISTAL D'ÂME" !!
...

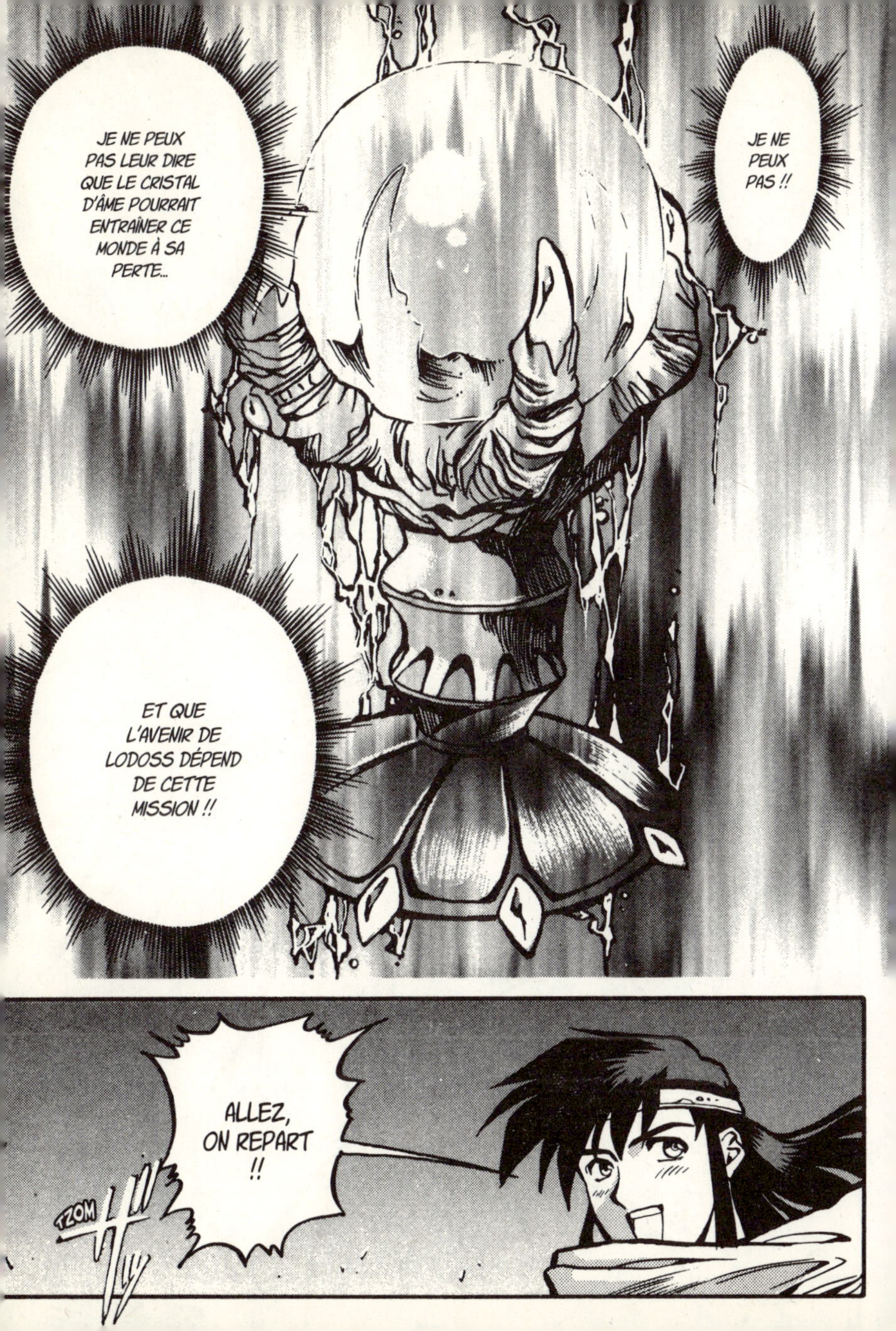
JE NE PEUX PAS !!
JE NE PEUX PAS LEUR DIRE QUE LE CRISTAL D'ÂME POURRAIT ENTRAÎNER CE MONDE À SA PERTE...
ET QUE L'AVENIR DE LODOSS DÉPEND DE CETTE MISSION !!
ALLEZ, ON REPART !!
TZOM

CRUI

LE FORT DU SUD !
CE QUI VEUT DIRE QU'ON A ENFN FRANCHI CE MAUDIT DÉSERT !
TANT MIEUX ! JE SUIS COUVERTE DE SABLE...

JE SUIS SPARK ! MES HOMMES ET MOI POURSUIVONS LES ELFES NOIRS !!
TCHAK

FLAAAAP
NOUS VOUS ATTENDIONS !!
PAR ICI !!
TZAM

ALORS, ET NOS VOLEURS ?
DEUX VOYAGEURS PENSENT LES AVOIR APERÇUS...
MAIS CES TÉMOINS NE SONT PAS DES CITOYENS DE FLAIM.
DES ÉMISSAIRES DU CHÂTEAU VOUDRAIENT TE PARLER. SUIS-MOI !

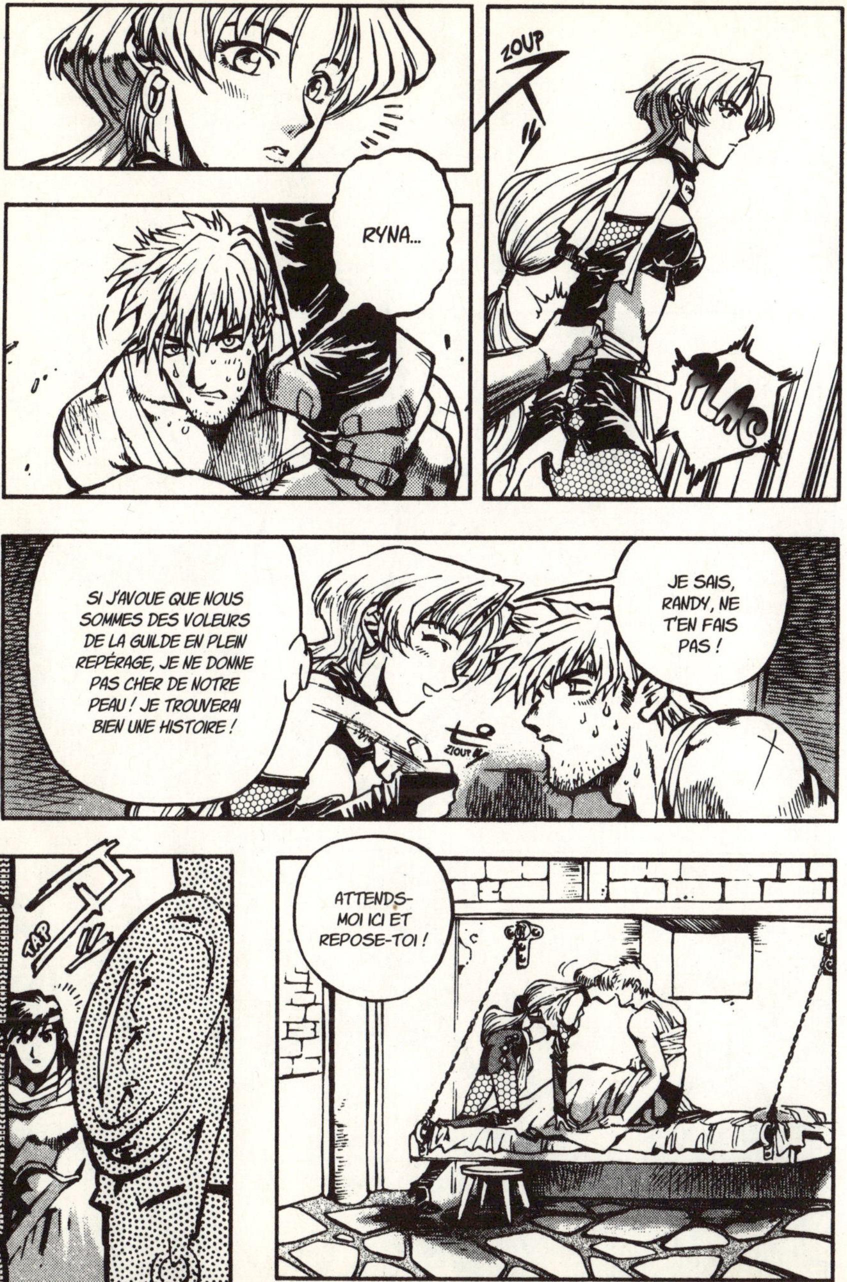

ZOUP
RYNA...
PLAC
SI J'AVOUE QUE NOUS SOMMES DES VOLEURS DE LA GUILDE EN PLEIN REPÉRAGE, JE NE DONNE PAS CHER DE NOTRE PEAU ! JE TROUVERAI BIEN UNE HISTOIRE !
ZIOUP
JE SAIS, RANDY, NE T'EN FAIS PAS !
TAP
ATTENDS-MOI ICI ET REPOSE-TOI !

EUH... ON M'A DEMANDÉ DE ME PRÉSENTER ICI...
JE SUIS SPARK, APPRENTI CHEVALIER DE FLAIM.
JE M'APPELLE RYNA.
MON AMI ET MOI SOMMES VENUS À FLAIM DANS L'ESPOIR DE DEVENIR MERCENAIRES.
PARLE-MOI DE CE GROUPE QUE VOUS AVEZ CROISÉ !
AVANT ÇA...
ILS ONT BLESSÉ MON COMPAGNON. SERAIT-IL POSSIBLE DE...
FFUT
PERSONNE CHEZ NOUS NE SAIT APPLIQUER LE SORTILÈGE DE GUÉRISON...
SI JE PEUX ME RENDRE UTILE...

D'ACCORD.
HMM..
BIEN, JE T'ÉCOUTE !
EN DÉBUT D'APRÈS-MIDI, HIER...
ON EST TOMBÉS SUR EUX LE LONG DE LA RIVIÈRE, TOUT PRÈS D'ICI...
CINQ ELFES NOIRS !!

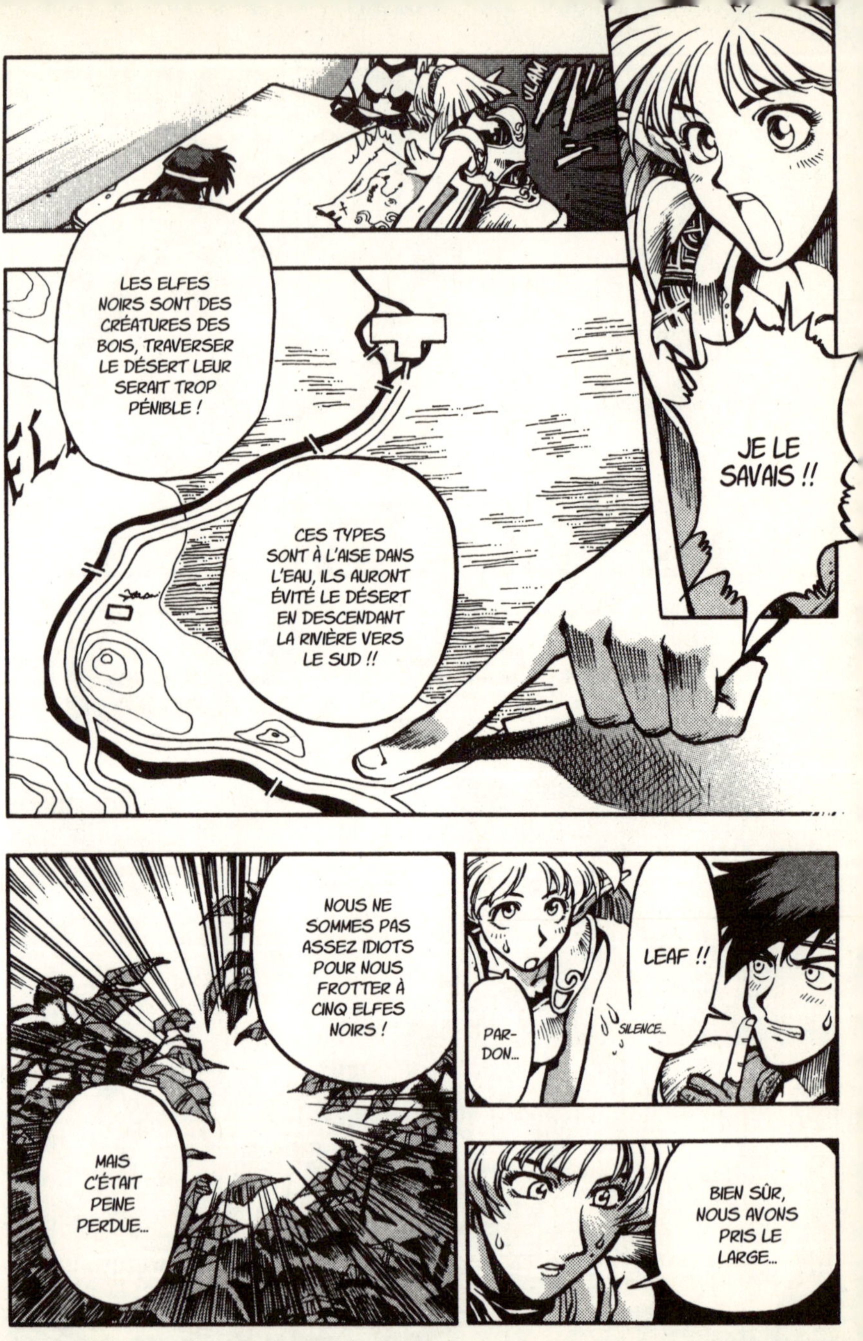
VLAM
JE LE SAVAIS !!
LES ELFES NOIRS SONT DES CRÉATURES DES BOIS, TRAVERSER LE DÉSERT LEUR SERAIT TROP PÉNIBLE !
CES TYPES SONT À L'AISE DANS L'EAU, ILS AURONT ÉVITÉ LE DÉSERT EN DESCENDANT LA RIVIÈRE VERS LE SUD !!
LEAF !!
SILENCE...
PAR-DON...
NOUS NE SOMMES PAS ASSEZ IDIOTS POUR NOUS FROTTER À CINQ ELFES NOIRS !
BIEN SÛR, NOUS AVONS PRIS LE LARGE...
MAIS C'ÉTAIT PEINE PERDUE...

SSCHLOU
AAHH !!
RANDY ?!!
FUIT
C... C'EST QUOI CE TRUC ?!
?
UN MONSTRE SORTI DU SOL S'EST ENROULÉ AUTOUR DE SA JAMBE...
LEAF ! ARRÊTE DE L'INTERROMPRE !
EUH, CHEF...
MÊME SI JE SAIS DE QUEL MONSTRE IL S'AGIT ?
!!

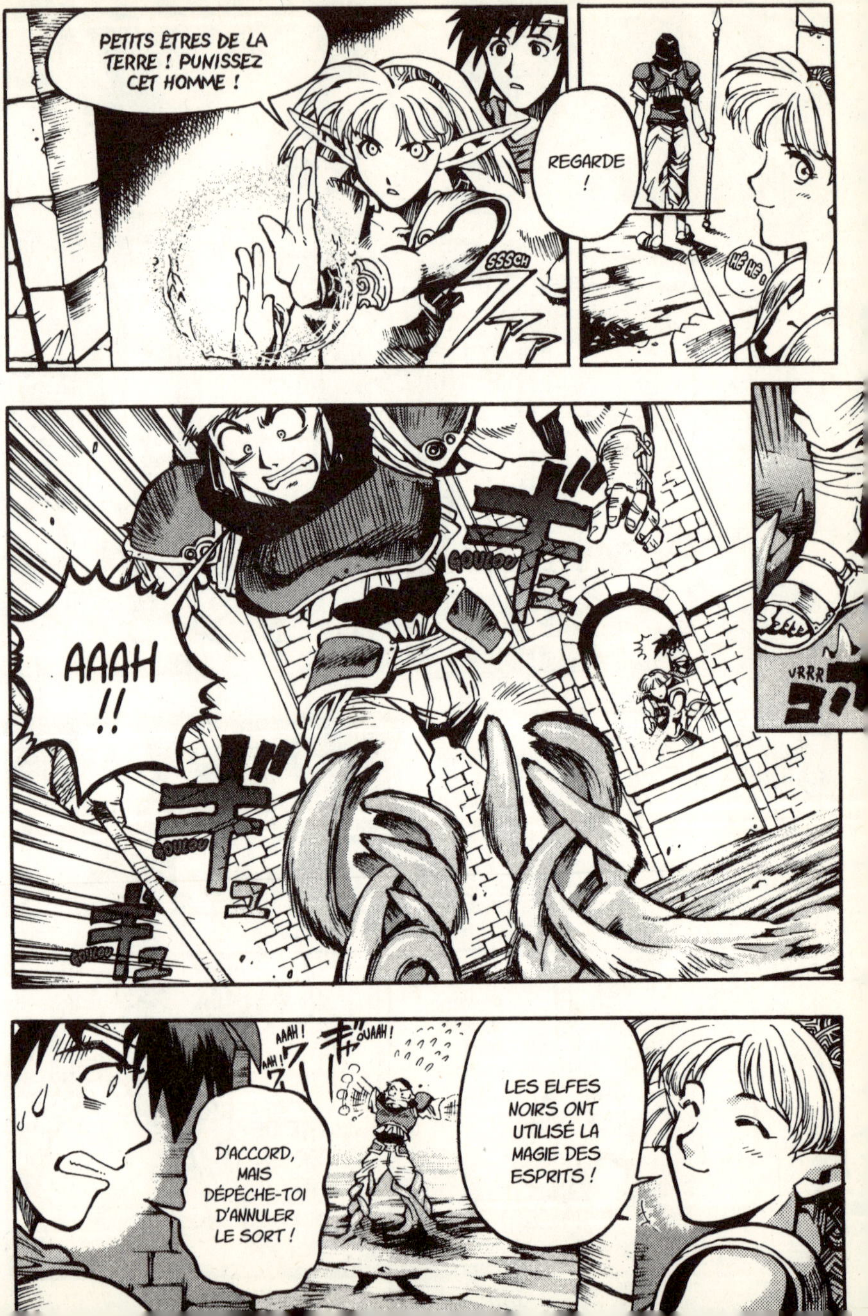
PETITS ÊTRES DE LA TERRE ! PUNISSEZ CET HOMME !
SSSCH
REGARDE !
HÊ HÊ !
AAAH !!
GOULOU
GOULOU
GOULOU
VRRR
AAAH !
AAAH !
OUAAH !
LES ELFES NOIRS ONT UTILISÉ LA MAGIE DES ESPRITS !
D'ACCORD, MAIS DÉPÊCHE-TOI D'ANNULER LE SORT !

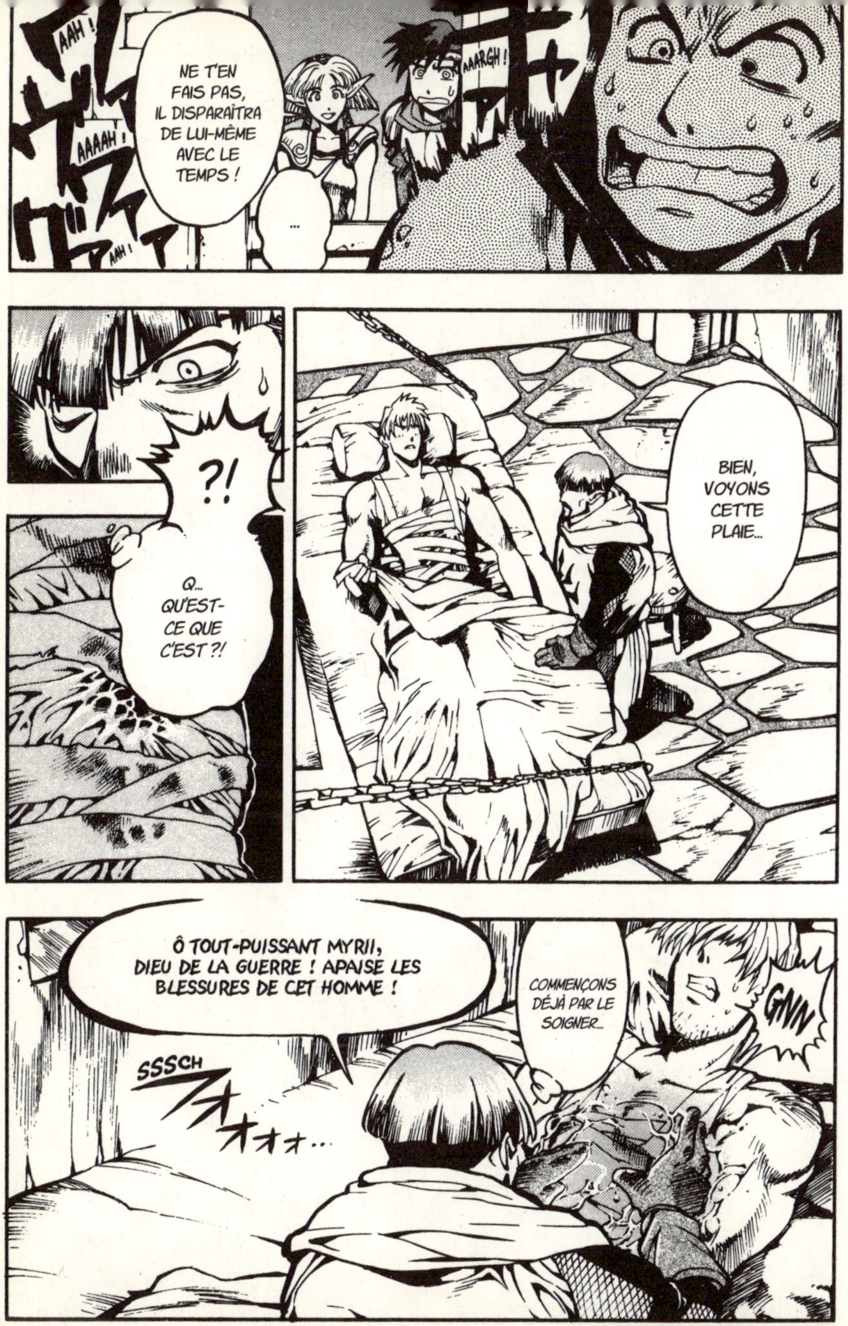
AAH !
AAAAH !
AAH !
NE T'EN FAIS PAS, IL DISPARAÎTRA DE LUI-MÊME AVEC LE TEMPS !
AAARGH !
...
?!
Q... QU'EST-CE QUE C'EST ?!
BIEN, VOYONS CETTE PLAIE...
Ô TOUT-PUISSANT MYRII, DIEU DE LA GUERRE ! APAISE LES BLESSURES DE CET HOMME !
COMMENÇONS DÉJÀ PAR LE SOIGNER...
GNN
SSSCH

IL Y A QUELQUE CHOSE QUI M'ÉCHAPPE...
?!
MOI, À LEUR PLACE, J'AURAIS ÉLIMINÉ LES TÉMOINS !
SANS DOUTE... MAIS APRÈS AVOIR BLESSÉ RANDY, ILS ONT TOUT SIMPLEMENT DISPARU...
JE CONTINUE À TROUVER ÇA BIZARRE...
?!
VVRRRRR
?!!
VVRR
VLAF
PLING
PLING

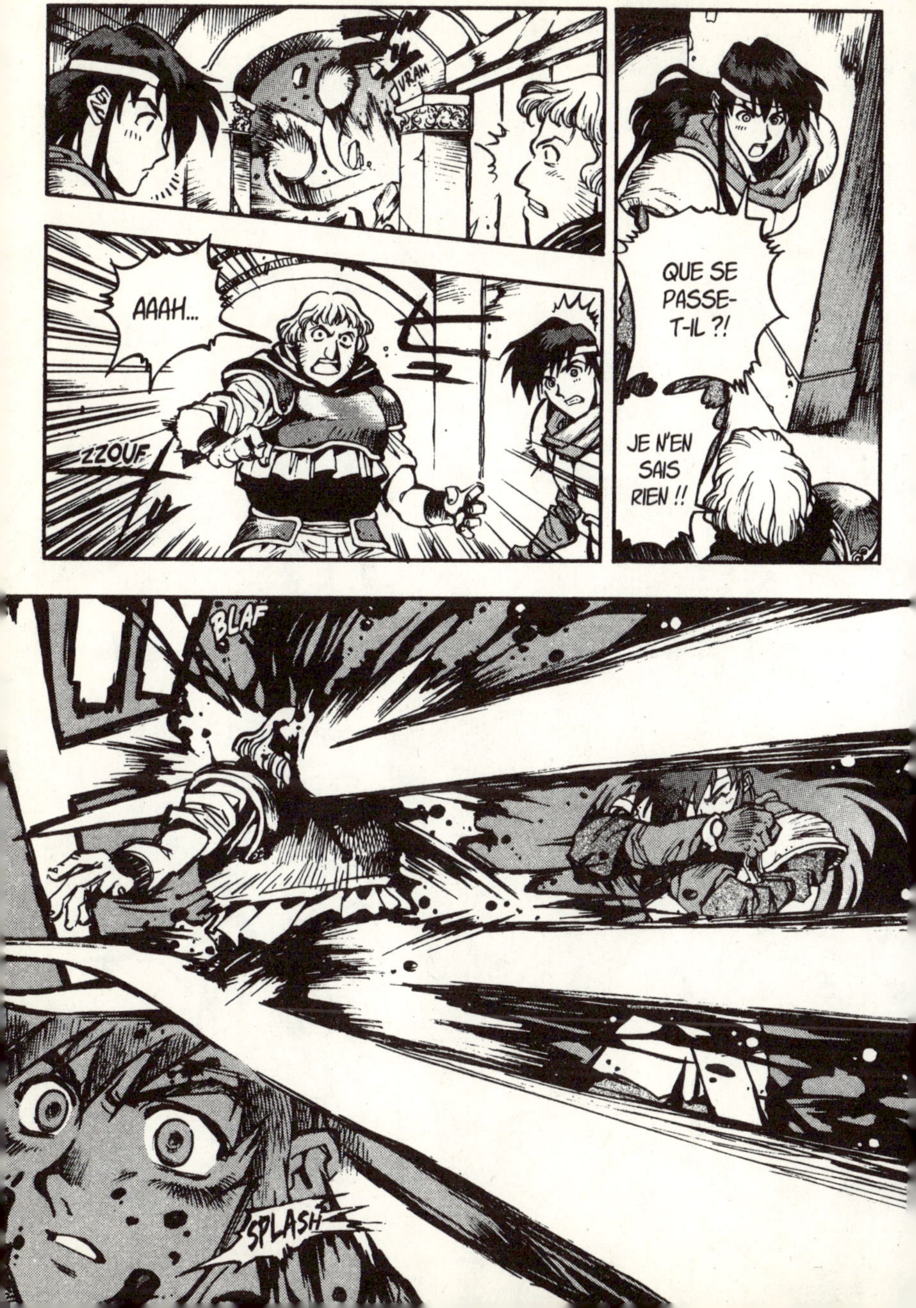
QUE SE PASSE-T-IL ?!
JE N'EN SAIS RIEN !!
VRAM
AAAH...
ZZOUF
BLAF
SPLASH

TCHAC
CHEF !!!
ZOOM
TCHAK

GGGROAAAAN
ゴゴゴオォォ
QU... QU'EST-CE QUE C'EST QUE ÇA ?!

GRRRÙUM
M... MAIS ENFIN...
RÂÂÂ...
GROAA !!

ZOUP
RANDY !!
NON, ATTENDS !!
ZZOUF
AAH !
GROAAAA
PLAF
PÈRE GREE-VUS ?!!
SPARK, RECULE !!

VVRAAM
C'EST QUOI, CETTE CHOSE ?!
AUCUNE IDÉE !! PREMIÈRE FOIS QUE JE VOIS UN MONSTRE PAREIL !!
CE QUI EST SÛR, C'EST QUE C'EST UN PIÈGE DES ELFES NOIRS !!
UN PIÈGE ?!

CHAPITRE 4
VOLONTÉS CONVERGENTES

VVRRRRRRRRR
UNE ATTAQUE ENNEMIE !!
Q... QU'EST-CE QUE C'EST QUE CE TRUC ?!
AAAAH !!!
HAN
ZLAC

FLAC
FLIC
PÈRE GREEVUS, ET VOTRE HALLEBARDE ?
L'ATTAQUE A ÉTÉ SI SOUDAINE...
QUE J'AI DÛ LA LAISSER SUR PLACE !
GRRROA
OH
ZLASH
ZOUP
GARRACK ET LES AUTRES !! VOUS N'ÊTES PAS BLESSÉS ?!
ON PEUT DIRE QUE ÇA DÉMARRE FORT !

VRRAM
ET RANDY ?!
MON COMPAGNON ?!
ZOUM
LE MONSTRE S'EST EMPARÉ DE SON CORPS...
JE CROIS QU'IL EST TROP TARD POUR LUI...
PLIC
PLIC
NON...
ON NE PEUT VRAIMENT RIEN FAIRE ?!
CRII
C'EST LA PREMIÈRE FOIS QUE JE SUIS CONFRONTÉ À UN TEL PARASITE...

METTRE UN TERME AUX AGISSEMENTS DE CE MONSTRE...
REVIENT PROBABLEMENT À TUER L'HÔTE QUI L'ACCUEILLE !!
BOOOOOOM

BRR
VLAAM
AAAHH !
VVRR
FLOUC
SWUUUT
Ô... Ô MANA, SOU... SOURCE DE PUISSANCE MAGIQUE...
A... AAAH ...

HUMPF !
PLAF
DÉGAGE !!
ZLASH
HII !
A... AH...
JE...
SI TU ES INCAPABLE D'AFFRONTER L'ENNEMI, RECULE !!
TZOM
UNE MINUTE, GARRACK ! NOUS FORMONS UNE ÉQUIPE !
NOUS DEVONS UNIR NOS FORCES, AU CONTRAIRE !
J'AI VU TROP DE COMPAGNONS D'ARMES MOURIR À CAUSE DE TYPES COMME LUI !!
GRR
TRÈS PEU POUR MOI !!
DU CALME...

PFFFF
Ô MYRII, DIEU GLORIEUX QUI RÉGENTE LES CONFLITS !
QUE LES BRAVES ICI PRÉSENTS FASSENT FRONT DANS LA BATAILLE !
ACCORDE-NOUS TA PROTECTION ! DONNE-NOUS UNE VOLONTÉ DE FER ET UN COURAGE DE FEU...
PSSSCH
!!
ALORS ? TU TE SENS PLUS SÛR DE TOI, NON ?
IL Y A TOUJOURS UNE PREMIÈRE CAMPAGNE ! C'EST UNE ÉPREUVE QUE MYRII NOUS IMPOSE À TOUS SANS EXCEPTION...

REVIENT PROBABLEMENT À TUER L'HÔTE QUI L'ACCUEILLE !!
BOBOM
J'Y VAIS !!

ZLASH
SALETÉ !!
SPARK !!
IL FAUT SE RASSEMBLER ET AVANCER ENSEMBLE VERS LUI !!
ALDO, IMMOBILISE-LE AVEC UN SORT !!
GARRACK ET LEAF, OUVREZ-MOI LE CHEMIN !
DE LÀ, JE ME JETTERAI SUR LUI !!
PÈRE GREEVUS, PROTÉGEZ NOS ARRIÈRES !

POUR UNE PREMIÈRE, TU T'EN SORS PAS MAL !
CE N'EST PAS LE MOMENT ...
LE VOILÀ !!
ZOUM
VOOOOOM
ZLOUUSH

VVVRRAC
VRRROAM
WRRR
WRRR
...
EH !! BAISSE-TOI, BON SANG !!
POC
AH !!
T-ZAP

RANDY !!
ZIOUP
Ô MANA, SOURCE DE PUISSANCE MAGIQUE !!
TSAM
TSCHUU
ZLAF
DEVIENS ÉPÉE DE LUMIÈRE...
ET TRANSPERCE NOTRE ENNEMI !!

VLAC
ON NE S'EN PREND PAS IMPUNÉMENT À DES MERCENAIRES DE FLAIM !!
ZLOUSH'1
ESPRIT DES FLAMMES !!
WOUSH
DÉVERSE TON FEU INFERNAL SUR MON ENNEMI !!

ZOUM
TCHAK
MAINTENANT !!
VLAM
SSVUUT
?!

VWRRR
RRRR
AARGH...
AAAAH...
IL EST TOUJOURS VIVANT...

BOBOM
BOBOM
EN SUIS-JE CAPABLE ?
SHTAC
SUIS-JE CAPABLE DE TUER CET HOMME ?
?!
ZIOUM

EH ! ATTENDS !!
RANDY !!
CRU!!
OUPS !
BLAM
VOUUSH
!!

TZOUING
GGRR
BON SANG !!
ZLAG
NON !!
VLING
RANDY !!
LAISSE TOMBER !! IL N'EST PLUS CONSCIENT DE RIEN !!

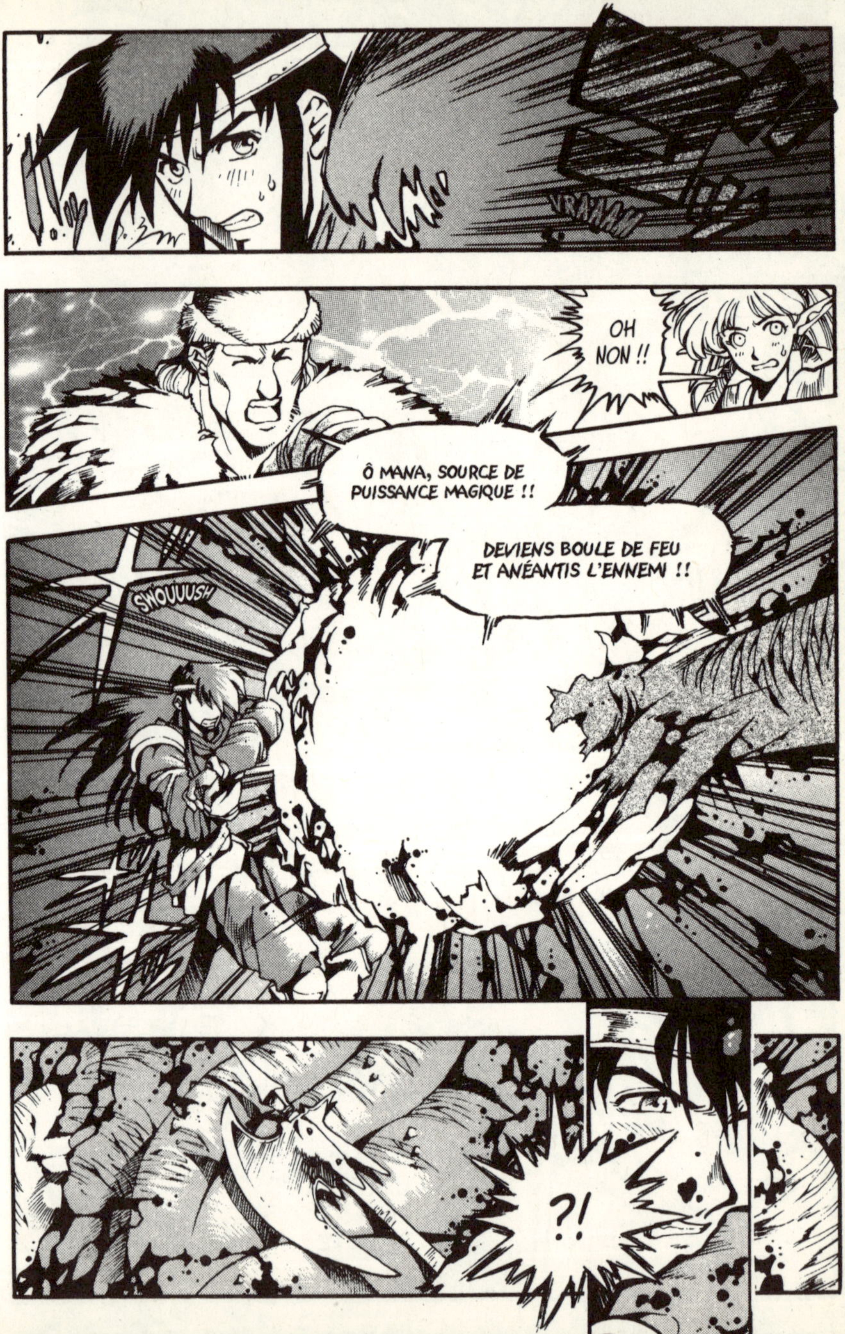
VRAAAM
OH NON !!
Ô MANA, SOURCE DE PUISSANCE MAGIQUE !!
DEVIENS BOULE DE FEU ET ANÉANTIS L'ENNEMI !!
SWOUUUSH
?!

LA HALLEBARDE DE GREEVUS !!
YAAAAAAA
CLONG
VLOUSH

AAAAH!
ああ
AAAA
あああ
CRRUI
GH...
ZLAC
ZLASH

GROAAA
シュウウウ…
FSCHHH

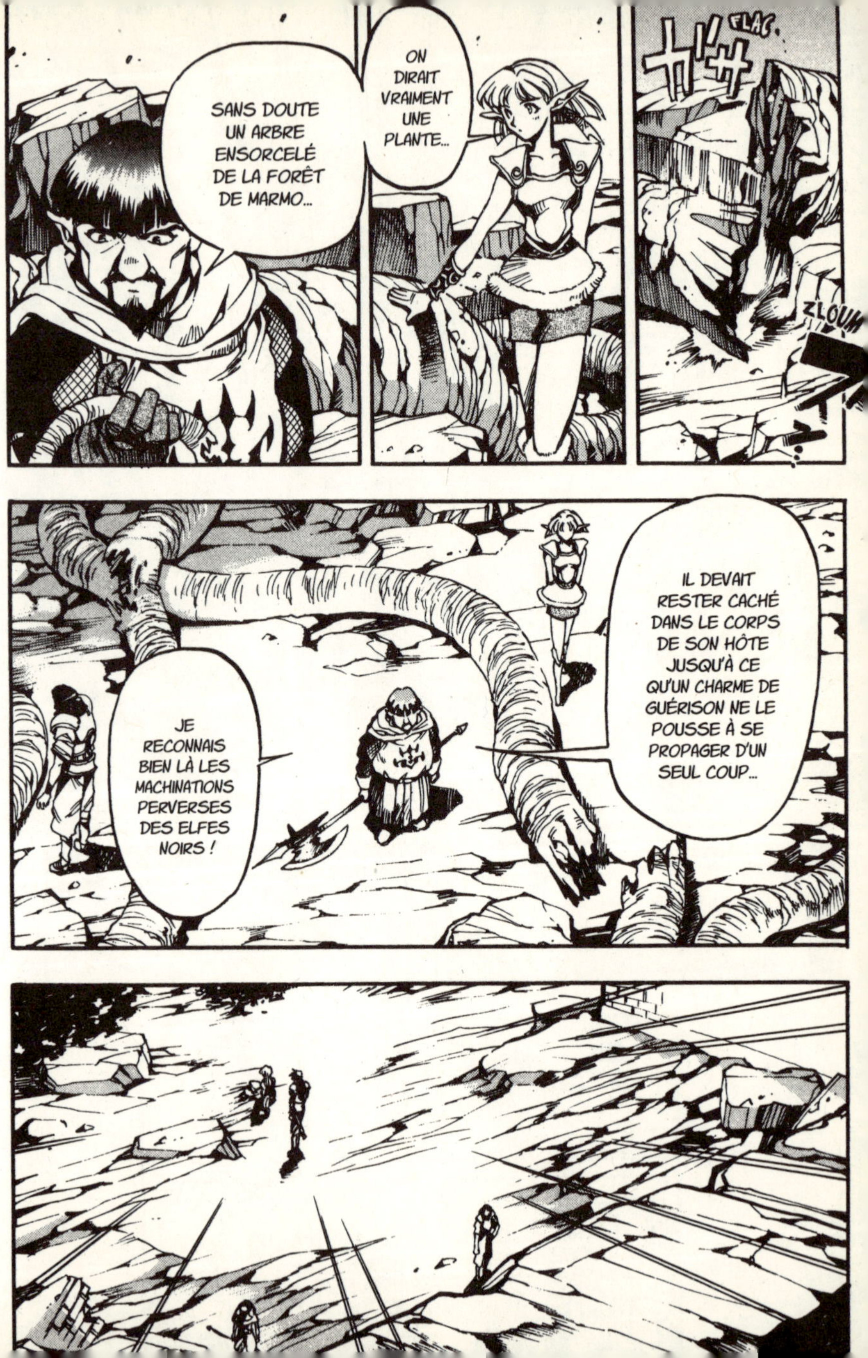
FLAC
ZLOUM
ON DIRAIT VRAIMENT UNE PLANTE...
SANS DOUTE UN ARBRE ENSORCELÉ DE LA FORÊT DE MARMO...
IL DEVAIT RESTER CACHÉ DANS LE CORPS DE SON HÔTE JUSQU'À CE QU'UN CHARME DE GUÉRISON NE LE POUSSE À SE PROPAGER D'UN SEUL COUP...
JE RECONNAIS BIEN LÀ LES MACHINATIONS PERVERSES DES ELFES NOIRS !

CRR!!
RANDY
EUH, RYNA...
NOUS DEVONS CONTINUER NOTRE ROUTE...
TU VOULAIS DEVENIR MERCENAIRE DE FLAIM, N'EST-CE PAS ?
VAS-Y DE MA PART, ET JE SUIS SÛR QU'ON TE TROUVERA VITE UN...
EMMENEZ-MOI AVEC VOUS...
PARDON ?

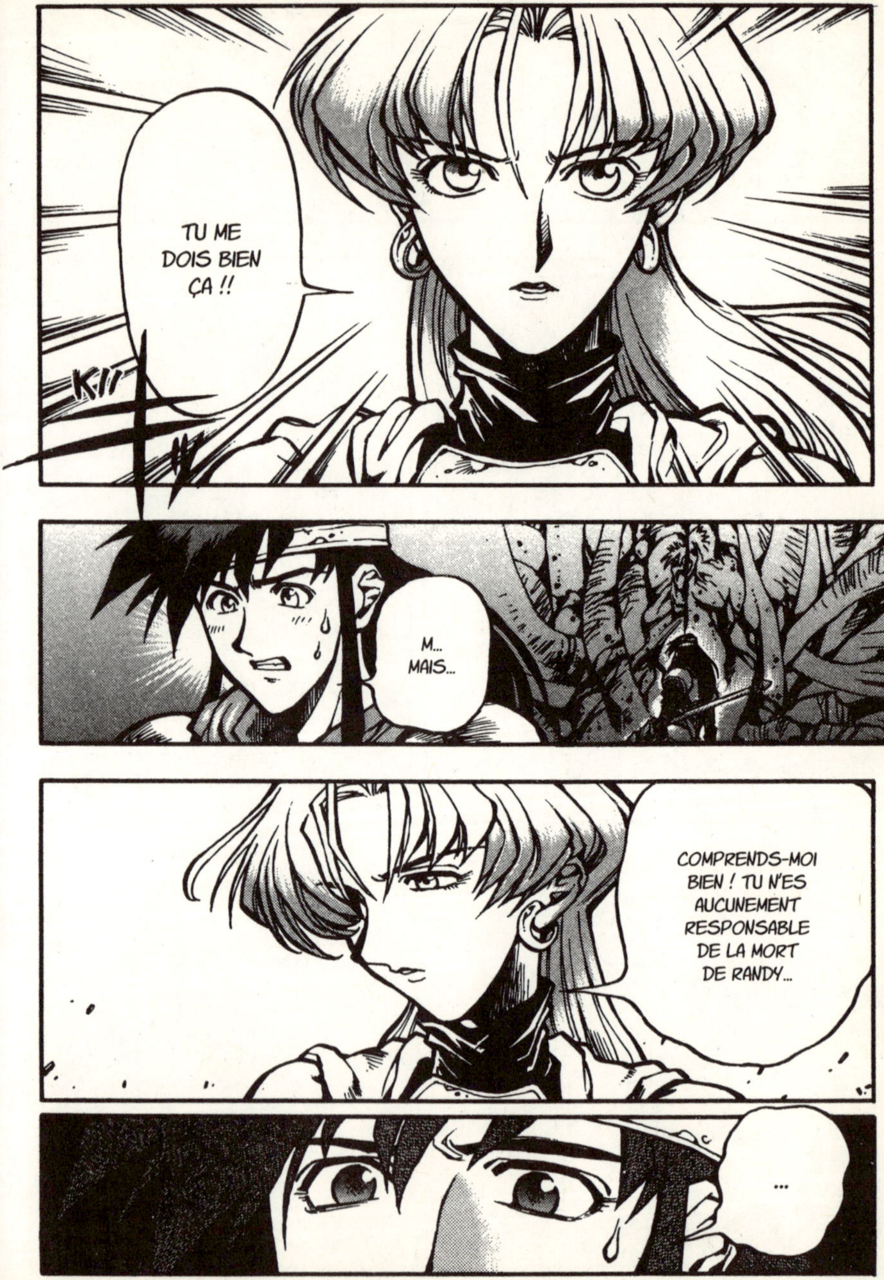
TU ME DOIS BIEN ÇA !!
KII
M... MAIS...
COMPRENDS-MOI BIEN ! TU N'ES AUCUNEMENT RESPONSABLE DE LA MORT DE RANDY...
...

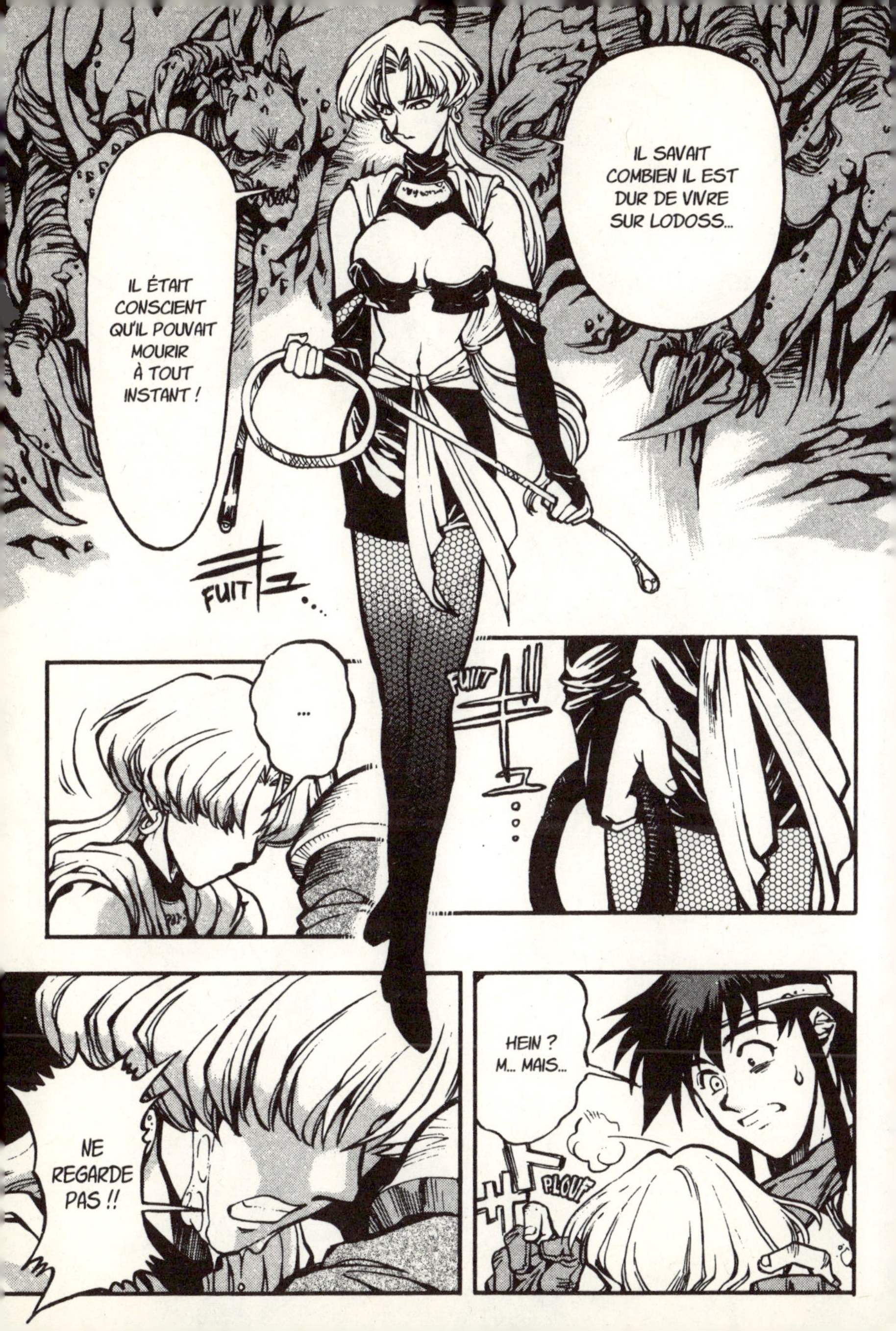
IL SAVAIT COMBIEN IL EST DUR DE VIVRE SUR LODOSS...
IL ÉTAIT CONSCIENT QU'IL POUVAIT MOURIR À TOUT INSTANT !
FUIT...
FUIT...
...
HEIN ? M... MAIS...
PLOUF
NE REGARDE PAS !!

AH...
EUH...

SES CHEVEUX...
ILS SENTENT SI BON...
QU'EST-CE QUI TE PREND ?!
NON !
NON !
CE N'EST PAS LE MOMENT DE PENSER À ÇA !!
BOBOM
BOBOM
ET MON COEUR QUI N'ARRÊTE PAS DE TAMBOURINER !! ELLE VA FINIR PAR L'ENTENDRE !!
BOBOM
DU CALME !! IL FAUT QUE JE ME CALME !!
EUH... HEM !

CHEF ! LE STOCK DE PROVISIONS ÉTAIT INTACT, ON A PU SE RAVITAILLER.
PAR CONTRE, IL NE RESTAIT QU'UN SEUL CHEVAL !
E... ENTENDU !!
ALORS ? QU'EST-CE QU'ON FAIT MAINTENANT ?
LES VOLEURS ONT DÛ SE DIRIGER VERS LE SUD... VERS LA VILLE D'HIRUTO...
DONNONS LE CHEVAL À UN SOLDAT DU FORT POUR QU'IL AILLE DEMANDER AU GOUVERNEUR DE LEUR TENDRE UN PIÈGE !
...
?
NON, C'EST QUE...

QUAND TU TE BATS, TU NE FAIS PAS DANS LA DENTELLE... COMMENT DIRE ? C'EST UN PEU BROUILLON...
!!
GRRR
C'EST MA FAÇON DE FAIRE. DÉSOLÉ DE TE DÉCEVOIR !
NOUS PARTONS BIENTÔT ! VEILLEZ À CE QUE TOUT SOIT PRÊT !
...
PFF... JE NE SAIS PAS COMMENT M'Y PRENDRE AVEC LUI...
IL S'Y PREND PEUT-ÊTRE MAL, MAIS C'EST CE QUI FAIT SON CHARME... TU NE TROUVES PAS ?!

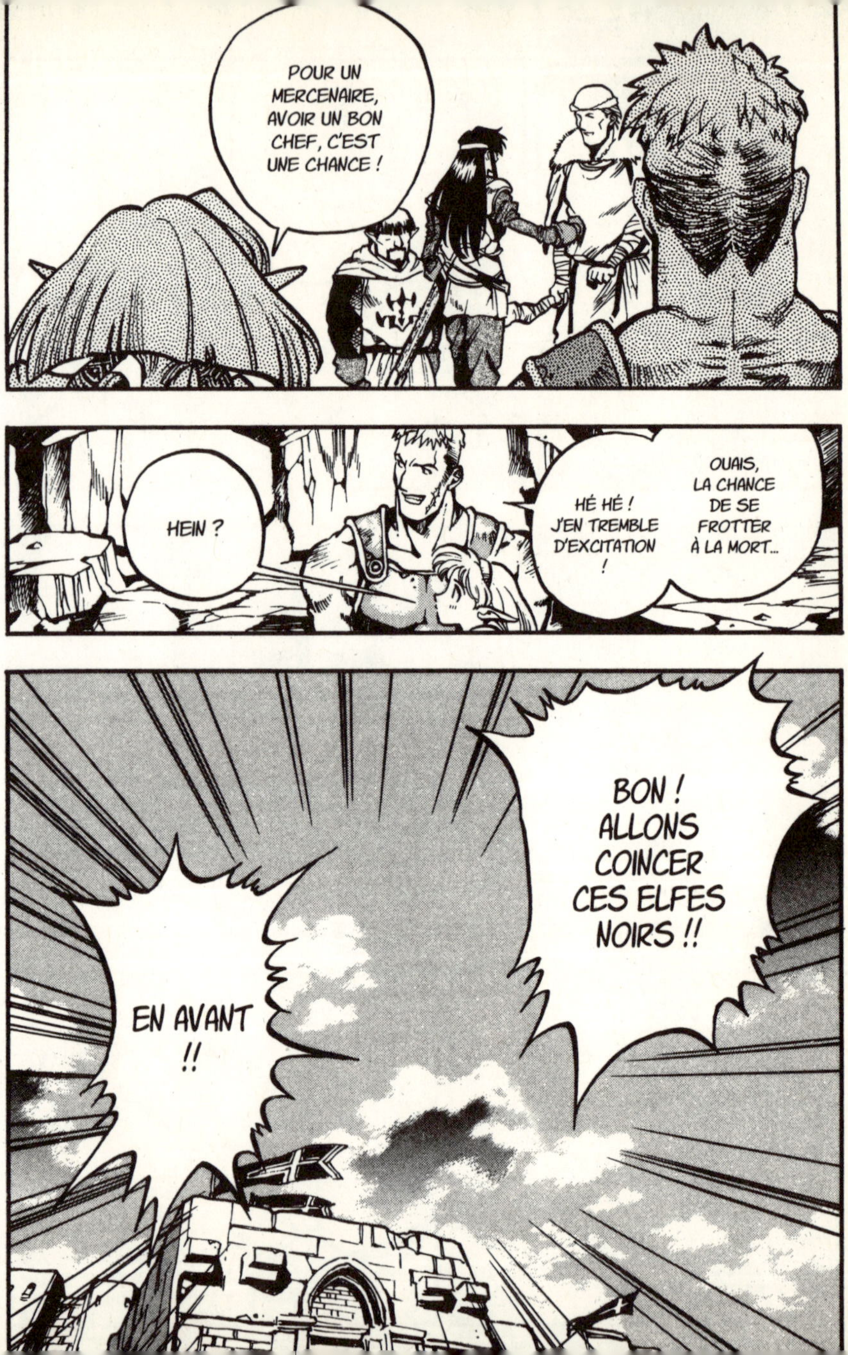
POUR UN MERCENAIRE, AVOIR UN BON CHEF, C'EST UNE CHANCE !
OUAIS, LA CHANCE DE SE FROTTER À LA MORT...
HÉ HÉ ! J'EN TREMBLE D'EXCITATION !
HEIN ?
BON ! ALLONS COINCER CES ELFES NOIRS !!
EN AVANT !!

CHAPITRE 5
DOUTES ET IMPATIENCE

MARMO
QUE VIENNENT FAIRE ICI DEUX MEMBRES DU CONSEIL DE MARMO ?

AURAIS-TU OUBLIÉ QUE DEPUIS LA MORT DE SA MAJESTÉ BELD...
LES DÉCISIONS CONCERNANT L'ADMINISTRATION DE MARMO SE PRENNENT À QUATRE, AVEC ASHRAM ?
HÉ HÉ...
SHORDEL ET LUZEB... RAVI QUE VOUS AYEZ FAIT LE DÉPLACEMENT !
ALORS, SI TU NOUS DISAIS TOUT, VAGNARD ?
TOUS CES ÉTRANGES RITUELS AUXQUELS TU TE LIVRES DANS CETTE GROTTE...
VOYONS, ILS NE VISENT QU'À UNIFIER LODOSS, COMME LE SOUHAITAIT ARDEMMENT L'EMPEREUR BELD !
ははは
HA HA HA!
TSS...
JE ME DEMANDE CE QU'IL A DERRIÈRE LA TÊTE...
IL FAUT SE MÉFIER DE CE BOUGRE...

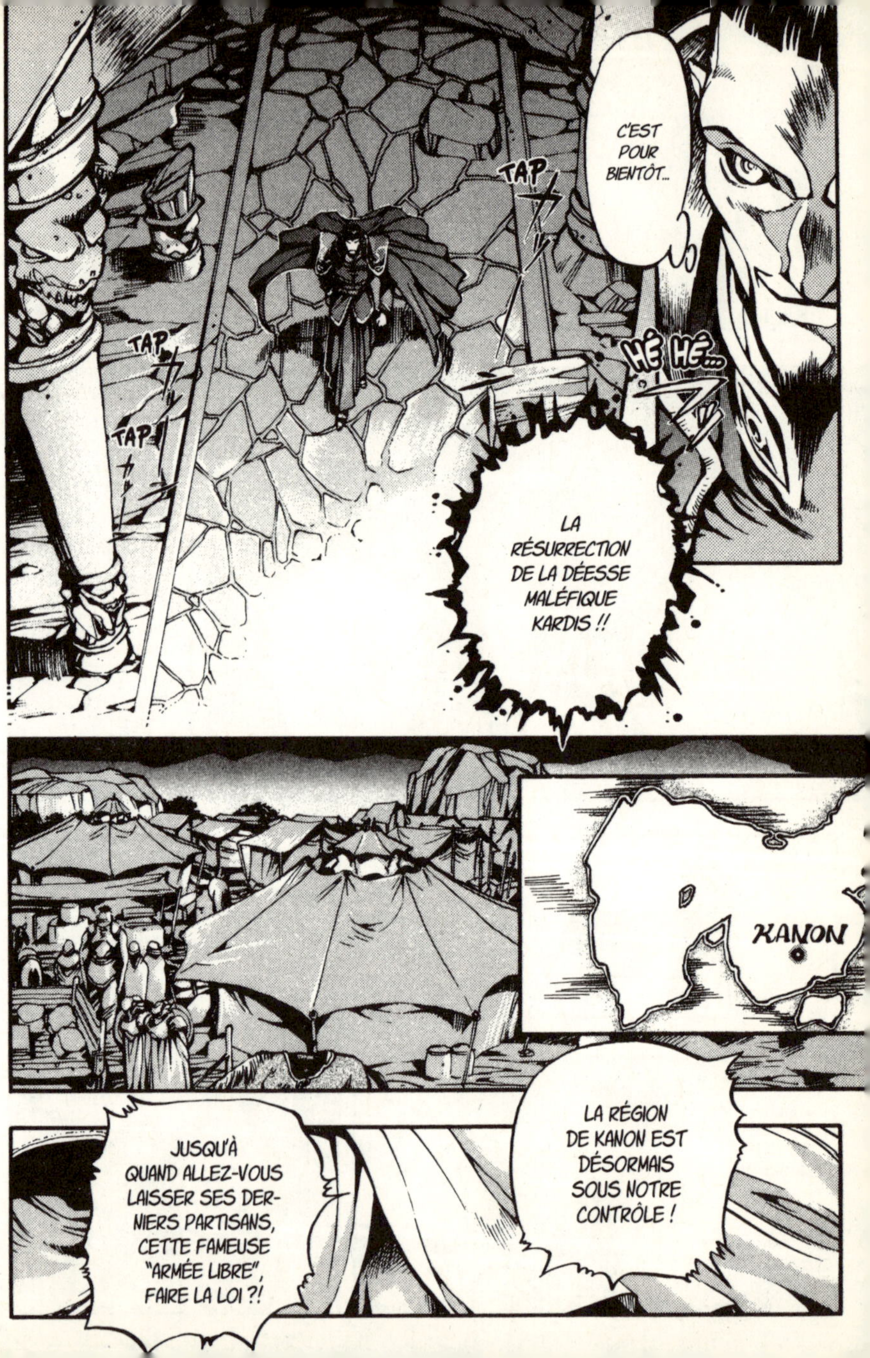
C'EST POUR BIENTÔT...
TAP
TAP
TAP
HÉ HÉ...
LA RÉSURRECTION DE LA DÉESSE MALÉFIQUE KARDIS !!
KANON
LA RÉGION DE KANON EST DÉSORMAIS SOUS NOTRE CONTRÔLE !
JUSQU'À QUAND ALLEZ-VOUS LAISSER SES DERNIERS PARTISANS, CETTE FAMEUSE "ARMÉE LIBRE", FAIRE LA LOI ?!

FLAP
GÉNÉRAL, L'EXPÉDITION EST DE RETOUR !
TAP
NOUS AVONS PRIS LA VILLE D'ADAN...

SEULEMENT DEUX JOURS ...
POUR FAIRE TOMBER ADAN ?!
BEAU TRAVAIL, PIROTESS...
C'EST TROP D'HONNEUR, MAJESTÉ...

LEAF, ON EST ENCORE LOIN D'HIRUTO ?
À ENVIRON UNE HEURE DE ROUTE...
C'EST UNE VIEILLE CARTE ! IL Y A UNE NOUVELLE ROUTE, LÀ...
HEIN ? C'EST VRAI ? ALORS ON DEVRAIT PRENDRE PAR LÀ ?
...
POURQUOI AS-TU ACCEPTÉ DE L'EMMENER ? ON NE SAIT RIEN D'ELLE !
ZOUIM

RYNA NOUS ACCOMPAGNE AFIN DE VENGER SON COMPAGNON !
FACE À ENNEMI COMMUN, C'EST NORMAL DE S'ENTRAIDER, NON ?
PFF...
CE QUE TU PEUX ÊTRE NAÏF, CHEF !
QUOI, TU ME FAIS SI PEU CONFIANCE ?!
T'AS TOUT COMPRIS !
SILENCE !!
...
TAGADA
TAGADA

QUELQU'UN APPROCHE...
TCHAK
BRRRRFFF
VLOUG
RENGAINEZ VOTRE ÉPÉE ! J'APPORTE UN MESSAGE D'HIRUTO !!

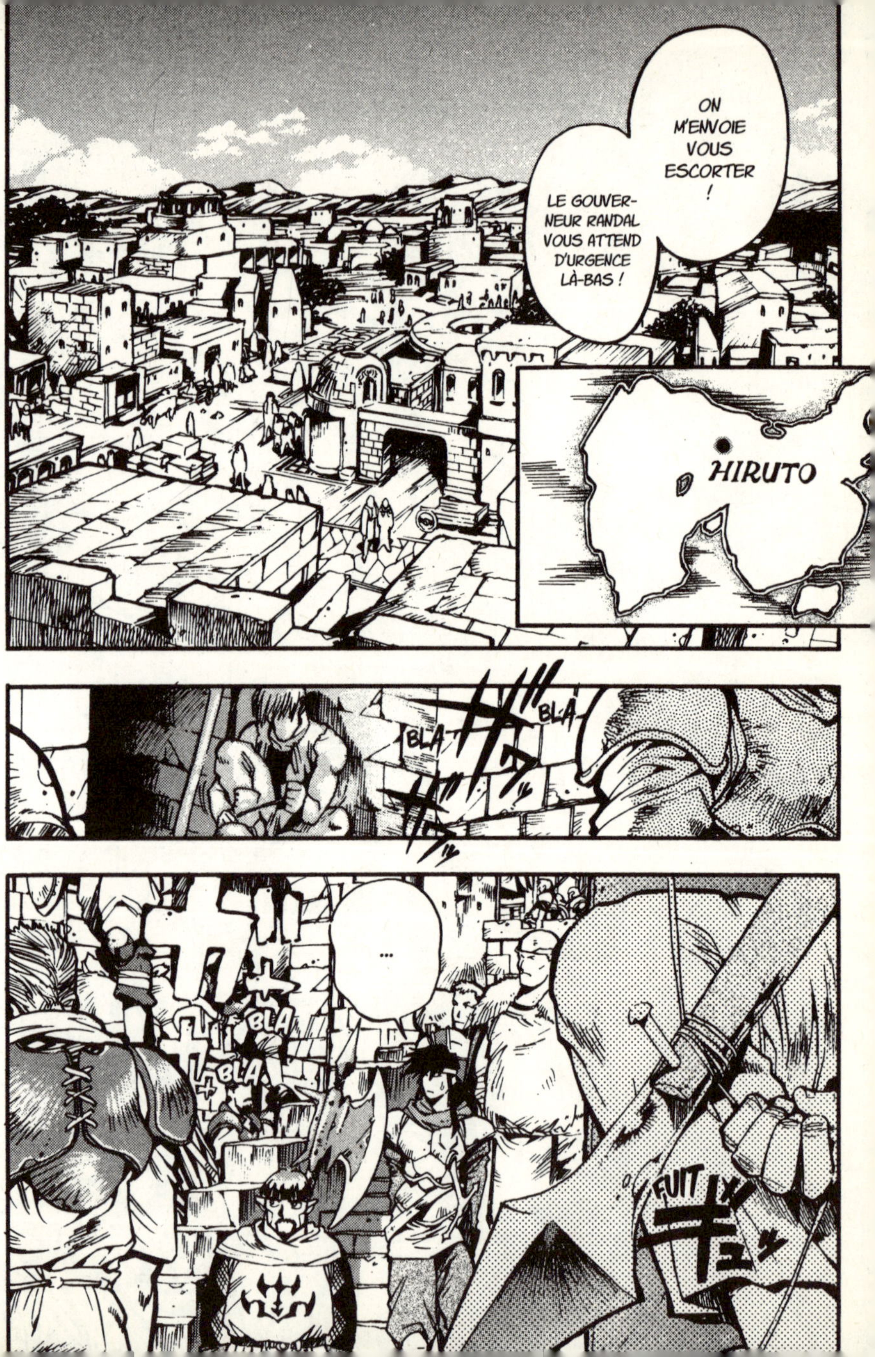
ON M'ENVOIE VOUS ESCORTER !
LE GOUVERNEUR RANDAL VOUS ATTEND D'URGENCE LÀ-BAS !
HIRUTO
BLA
BLA
...
BLA
BLA
FUIT

EH BIEN, QUELLE AGITATION !
OUI, COMME TU DIS...
...
ILS SE PRÉPARENT POUR LA BATAILLE...
VLOF
APPRENTI CHEVALIER SPARK !
JE MÈNE UNE EXPÉDITION PUNITIVE CONTRE UN GROUPE DE VOLEURS !
DAA
JE SUIS RANDAL, LE GOUVERNEUR DE CETTE VILLE.
J'AI ENTENDU PARLER DE TOI...

JE VIENS JUSTE DE LE RECEVOIR.
D'APRÈS CE RAPPORT, UN GROUPE D'ELFES NOIRS AURAIT ATTAQUÉ DES SOLDATS D'HIRUTO DANS LE SUD...
TAP TAP
J'AIMERAIS POUVOIR T'ASSURER DE NOTRE ENTIÈRE COOPÉRATION... MALHEUREUSEMENT...
TRÈS BIEN ! NOUS PARTONS IMMÉDIATEMENT À LEUR POURSUITE !
QUOI, TU N'ES PAS AU COURANT ?
...
QUE SE PASSE-T-IL EN VILLE, AU JUSTE ?
TZAM
UNE CENTAINE DE CHEVALIERS ET ENVIRON 500 SOLDATS D'HIRUTO SONT SUR LE DÉPART !
LE ROI KASHUE ENVOIE ENFIN TOUTES SES TROUPES SUR LE FRONT !

LE ROI
LUI-MÊME
CONDUIT DÉJÀ
LES PREMIÈRES
TROUPES VERS
ALANIA !
!!
BAM

LA GRANDE BATAILLE CONTRE MARMO... ELLE A ENFIN...
QU'EST-CE QUE JE FICHE ICI DANS UN MOMENT AUSSI CRUCIAL ?!
...
TU SAIS, MOI AUSSI, À L'ÉPOQUE DE LA GUERRE DES HÉROS...
J'AI MENÉ NOMBRE DE COMBATS ACHARNÉS CONTRE MARMO AUX CÔTÉS DU ROI KASHUE...
HÊ HÊ
SI ON M'AVAIT DIT QUE JE DEVRAIS RENONCER À ME BATTRE, JAMAIS JE N'AURAIS ACCEPTÉ DE DEVENIR GOUVERNEUR !

GOUVERNEUR ...
NOUS AVONS TOUS LES DEUX REÇU DES ORDRES.
ACCOMPLIR SA MISSION, C'EST AUSSI UNE FAÇON DE SE BATTRE !
À VOS ORDRES...
AH !
ATTENDS, SPARK ! J'AI UNE AUTRE NOUVELLE INTÉRESSANTE ...
IN... INTÉRES-SANTE, DITES-VOUS ?
QUOI ?! C'EST LE DÉBUT DE LA GUERRE ?!

BON SANG !
MOI AUSSI, JE VEUX ME BATTRE !!
LE RÔLE QU'IL JOUE DANS LA BATAILLE EST LA SEULE FAÇON POUR UN MERCENAIRE DE S'ILLUSTRER...
ÇA SUFFIT, VOUS DEUX !!
AU FAIT... IL Y A DU NOUVEAU, POUR NOS VOLEURS ?
ILS ONT ÉTÉ REPÉRÉS AU SUD DE LA VILLE...
...
VOUS NE TROUVEZ PAS ÇA CURIEUX ?
HEIN ?!
SI TU LE DIS ! ALLEZ, ATTRAPONS-LES VITE ET FINISSONS-EN AVEC CETTE MISSION !

VLOUM
VLOUM
JE NE PEUX MÊME PAS TENIR MON RANG DE CHEVALIER...
JE SUIS CONDAMNÉ À...
NON ! REPRENDS-TOI, SPARK !! TU AS UN DEVOIR À ACCOMPLIR, TOI AUSSI !!

NE DEVIENS PAS UN HOMME QUI SE CONTENTE D'ACCOMPLIR MACHINALEMENT LES MISSIONS QU'ON LUI DONNE...
OH !
BAM
GRR
QUE SUIS-JE CENSÉ FAIRE, CHEVALIER PARN ?!
JE SUIS PERDU...
EN ROUTE !!
À FORCE DE DIRE N'IMPORTE QUOI, TU L'AS MIS EN COLÈRE...
TU... TU CROIS ?
SPARK, SI SEULEMENT TU SAVAIS...
TU COMPRENDRAIS QUE CETTE MISSION EST CAPITALE...
CLANG
ガラン
CLANG
ガラン

SI SEULEMENT JE POUVAIS TE RÉVÉLER...
QUE LE DESTIN DE LODOSS REPOSE EN PARTIE SUR TES ÉPAULES...
NON ! IL NE FAUT PAS !!
DANS L'IMMÉDIAT, MIEUX VAUT QU'IL CON-TINUE DE COURIR APRÈS UN SIMPLE OBJET DE CULTE...
IL EST ENCORE JEUNE... S'IL APPRENAIT LA TERRIBLE VÉRITÉ...

FFRRRR
ゴオオオオオ
ÇA, ON PEUT DIRE QU'ON LES SUIT À LA TRACE !
C'EST TOUT CE QUE ÇA TE FAIT ?
QUOI, ENCORE ?
UN VOLEUR EN FUITE EST BIEN PLUS DISCRET QUE ÇA, EN GÉNÉRAL !
ILS SONT DÉSESPÉRÉS, VOILÀ TOUT !
FFRRRR
ゴオオオオオ…

TSOC
À MON AVIS, CE SONT LEURS EMPREINTES...
ET TOUTES FRAÎCHES, AVEC ÇA... ILS NE DOIVENT PAS ÊTRE TRÈS LOIN...
PFUT
ALLONS-Y !
ZOUM
HEIN ?!
PAS SI VITE, SPARK !
REGARDE !
IL Y A AUSSI DES EMPREINTES DE PAS DE FEMME !
ELLE M'A TOUT L'AIR DE SUIVRE LES VOLEURS, ELLE AUSSI !

IN... INTÉRES-SANTE, DITES-VOUS ?
OUI.
ÇA ME FAIT PENSER QUE D'APRÈS LE GOUVERNEUR ...
TÔT CE MATIN, UNE JEUNE FILLE DISANT VENIR DE BLADE S'EST PRÉSENTÉE AU PORTAIL NORD DE LA VILLE.
ELLE PORTAIT UNE CAPUCHE BLANCHE DE PRÊTRESSE EN PÈLERINAGE...
ET COMME TOUT SEMBLAIT NORMAL, ON L'A LAISSÉE PASSER...
QUI... QUI ÉTAIT CETTE FILLE ?!
QU'A-T-ELLE DIT ?!

SON NOM ?!
ILS... ILS NE LE LUI ONT PAS DEMANDÉ...
SERAIT-CE... NON !!
GRANDS DIEUX ! CE N'EST PAS POSSIBLE...
?
ET ALORS ? POURQUOI NOUS PARLER DE CETTE FILLE ?
AU GARDE QUI LUI DEMANDAIT LE BUT DE SON VOYAGE, ELLE AURAIT RÉPONDU...
"LES DIEUX ME GUIDENT...
SUR LES TRACES D'UN SOMBRE CAUCHEMAR"...

L... LES DIEUX ME GUIDENT...
SUR LES TRACES D'UN SOMBRE CAUCHEMAR...
UN "SOMBRE" CAUCHEMAR !!
ELLE PARLAIT DES ELFES NOIRS !!
QUELQU'UN D'AUTRE SERAIT À LA POURSUITE DE NOS VOLEURS ?!
MAIS QUI ?!

STAFF
N. NATSUMI
KOKIAIRIN
MATSUNAE URARA
ORIBA SEKIROU
EDITOR
Y. NONOGUCHI
Y. MORIYA
QUI ES-TU ?
CHRONIQUES DE LA GUERRE (Ô COMBIEN COURAGEUSE !) DE LODOSS
POSTFACE
JE M'APPELLE…
ET VOILÀ !!
APRÈS MOULT RÉFLEXIONS, VOICI ENFIN LE PREMIER TOME DE LODOSS !!
DE LA FANTASY PURE ET DURE, N'OUBLIE PAS !!
TU AS VÉRIFIÉ LES VÊTEME…
METS PLUS DE JOLIES FILLES !!
PLUS DE PERSONNAGES ! PLUS D'INTRIGUE !
STOP ! N'EN JETEZ PLUS !!
GRRRRR !!
うがあ!!
AAARGH !!
ÇA N'A RIEN D'UNE POSTFACE !

Road to Lodoss

CARTE DE L'ÎLE DE LODOSS

ROAD TO LODOSS

QUELS PAYS CONSTITUENT LE MONDE DE LODOSS OÙ VIVENT SPARK ET SES COMPAGNONS ? VOYONS DANS LES GRANDES LIGNES COMMENT SE RÉPARTISSENT LES ROYAUMES !

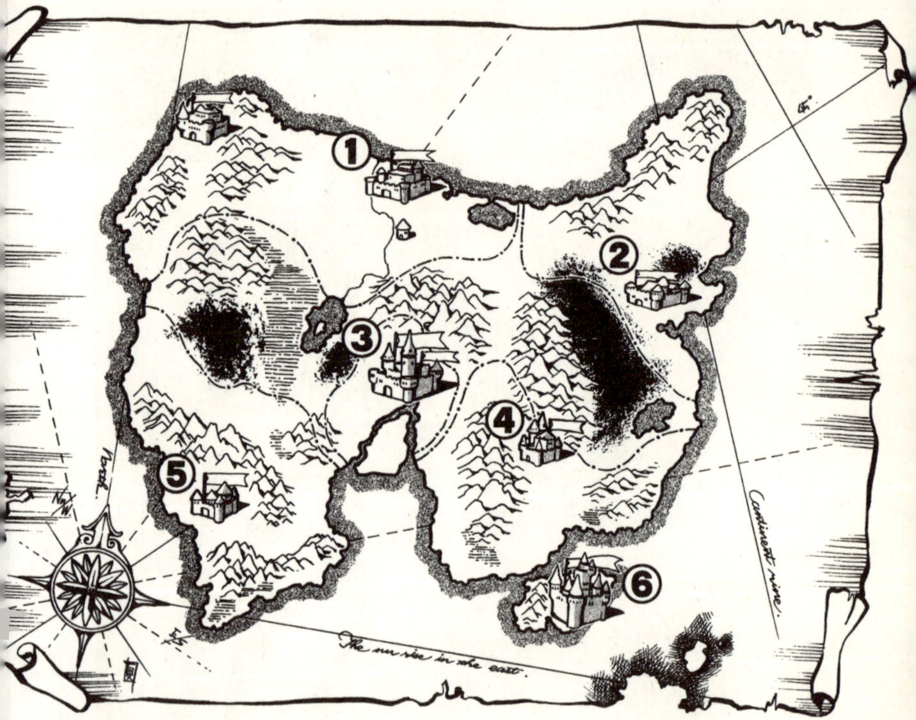

① *ROYAUME DE FLAIM*

ROYAUME LE PLUS PUISSANT DE LODOSS. GOUVERNÉ PAR LE ROI KASHUE, QUI RÉPRIMA LES LONGUES QUERELLES ENTRE LA TRIBU DU VENT ET CELLE DE FLAMME (DONT SPARK EST LE DESCENDANT DIRECT).

② *PAYS D'ALANIA*

PAYS LE PLUS ANCIEN DE LODOSS. GOUVERNÉ PAR LE DUC RASTER, HOMME DÉVORÉ D'AMBITION QUI DEVINT SOUVERAIN APRÈS AVOIR ASSASSINÉ SON PRÉDÉCESSEUR, LE ROI KADMOSS VII.

③ *ROYAUME SAINT DE VALIS*

GOUVERNÉ PAR LE ROI-PRÊTRE ETO, COMPAGNON PENDANT LA GUERRE DES HÉROS DE DEEDLIT ET DE PARN (DONT IL EST LE MEILLEUR AMI).

④ *ROYAUME DE KANON*

ACTUELLEMENT SOUS LE CONTRÔLE D'ASHRAM, LE GÉNÉRAL NOIR DE L'EMPIRE DE MARMO. CELUI-CI DOIT Y AFFRONTER L'ARMÉE LIBRE DE KANON DONT FAIT PARTIE PARN, LE CHEVALIER LIBRE.

⑤ *DUCHÉ DE MOSS*

DUCHÉ CONTRÔLÉ PAR LE DUC JESTER. PLUTÔT QU'UN PAYS, IL S'AGIT EN FAIT D'UNE COALITION ENTRE PLUSIEURS PETITES NATIONS LIÉES PAR UN TRAITÉ APPELÉ "PACTE DES DRAGONS", QUI LES ENGAGENT À S'UNIR CONTRE UN ENNEMI EXTÉRIEUR. NÉANMOINS, CELA N'EMPÊCHE PAS LE DUCHÉ D'ÊTRE EN GUERRE CIVILE DEPUIS PLUSIEURS CENTAINES D'ANNÉES.

⑥ *MARMO, L'ÎLE DES TÉNÈBRES*

DEPUIS LA MORT DE L'EMPEREUR BELD LORS DE LA GUERRE DES HÉROS, ASHRAM (LE GÉNÉRAL NOIR), VAGNARD (LE PRÊTRE NOIR), SHORDEL (L'ARCHEVÊQUE DES TÉNÈBRES) ET LUZEB (LE CHEF DES ELFES NOIRS) SONT DEVENUS TRÈS INFLUENTS ; ILS ONT FORMÉ UN CONSEIL POUR GOUVERNER CONJOINTEMENT L'ÎLE DE MARMO. CELLE-CI NE COMPTE QUE DEUX VILLES : DARK TOWN, LA CAPITALE IMPÉRIALE, ET SARUBADO, LE PORT ; LE RESTE DE L'ÎLE ÉTANT CONSTITUÉ D'ÉTENDUES MALÉFIQUES (DONT LA FORÊT DES TÉNÈBRES) PEUPLÉES D'ELFES NOIRES ET DE BARBARES.

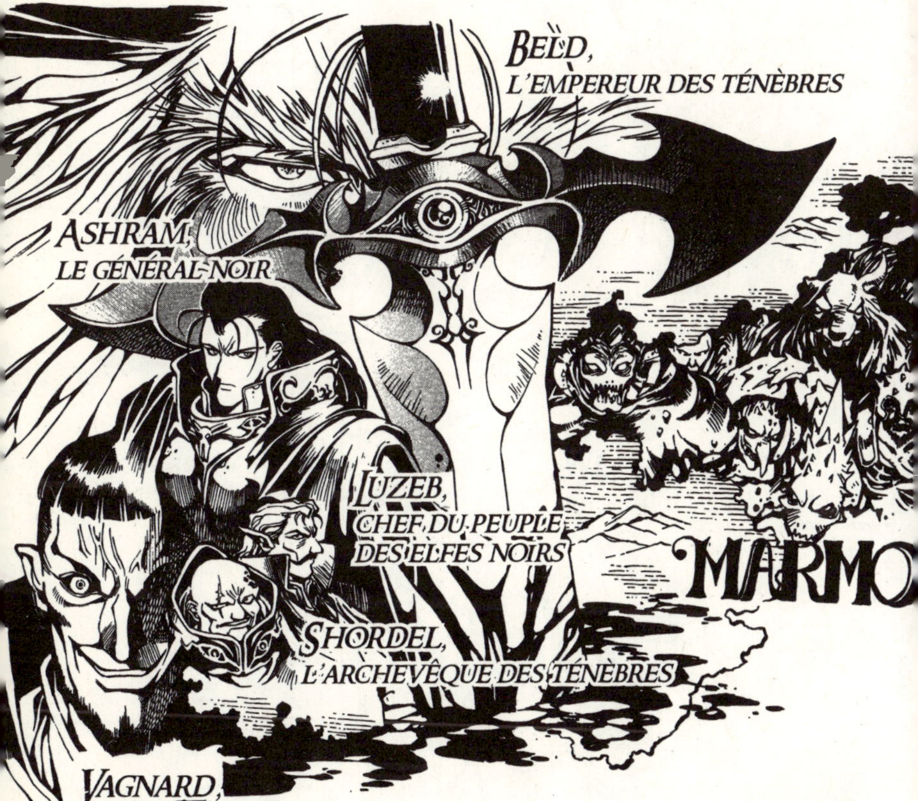

MARMO, L'ÎLE DES TÉNÈBRES

ROAD TO LODOSS

LIEU OÙ REPOSE LA DÉPOUILLE DE KARDIS, DÉESSE DE LA DESTRUCTION. IL Y A UNE TRENTAINE D'ANNÉES, L'EMPEREUR BELD UNIFIA L'ÎLE, DONNANT AINSI NAISSANCE À L'EMPIRE DE MARMO.

Y A UNE QUINZAINE D'ANNÉES, L'EMPEREUR BELD DE MARMO, L'ÎLE DES TÉNÈBRES, ATTAQUA SOUDAIN ODOSS. SON ARMÉE, QUI COMPTAIT DANS SES RANGS DES GNOMES ET DES ELFES NOIRS, COMMENÇA PAR OUMETTRE LE ROYAUME DE KANON. LE ROI FAWN DE VALIS CONCLUT ALORS UNE ALLIANCE AVEC ALANIA, AIM ET LE DUCHÉ DE MOSS AFIN DE RÉSISTER À L'ENVAHISSEUR.

EST AINSI QUE FAWN ET BELD, DEUX DES "SIX HÉROS" QUI S'ÉTAIENT ILLUSTRÉS ENSEMBLE LORS DE LA UERRE DU DÉMON", EN ARRIVÈRENT À S'AFFRONTER DANS CE QU'ON APPELA PAR LA SUITE LA "GUERRE ES HÉROS". D'ABORD FAVORABLE AUX ALLIÉS, LA SITUATION SE RENVERSA VITE : KARLA, "LA SORCIÈRE RISE", COMPLOTA POUR SEMER LE TROUBLE DANS LEURS RANGS ; LOIDO, LA CAPITALE DE VALIS, FUT ÊME UN TEMPS EN DANGER.

ROAD TO LODOSS

LA GUERRE DES HÉROS

BIEN AVANT LES AVENTURES DE SPARK ET DE SES AMIS, LODOSS A CONNU DEUX GRANDES GUERRES : LA GUERRE DU DÉMON (UNE QUARANTAINE D'ANNÉES PLUS TÔT) ET LA GUERRE DES HÉROS (UNE QUINZAINE D'ANNÉES AUPARAVANT).

BELD, L'EMPEREUR DES TÉNÈBRES

EMPEREUR DE MARMO, L'ÎLE DES TÉNÈBRES. À L'ÉPOQUE DE LA GUERRE DU DÉMON, ON LE SURNOMMAIT "LE MERCENAIRE ROUX". SON DÉSIR DE FONDER UN ROYAUME POUR TOUTES LES CRÉATURES VIVANTES, ET PAS SEULEMENT LES HUMAINS, FUT À L'ORIGINE DE LA GUERRE DES HÉROS.

ASHRAM, LE GÉNÉRAL NOIR

CAPITAINE DES CHEVALIERS NOIRS DE MARMO EN QUI BELD AVAIT TOUTE CONFIANCE. SES ALLIÉS AUTANT QUE SES ENNEMIS CRAIGNAIENT CELUI QU'ON SURNOMMAIT "LE GÉNÉRAL NOIR". DEPUIS LA MORT DE BELD, IL CHERCHE À ACCOMPLIR LES DERNIÈRES VOLONTÉS DE L'EMPEREUR.

C'EST FINALEMENT UN COMBAT SINGULIER ENTRE FAWN ET BELD QUI SCELLA L'ISSUE DE LA GUERRE. LES DEUX ROIS ÉTAIENT DE FORCE ÉQUIVALENTE MAIS C'EST BELD, RESTÉ PLUS JEUNE GRÂCE AU POUVOIR DE SON ÉPÉE DÉMONIAQUE, «SOUL CRUSHER», QUI L'EMPORTA.
CEPENDANT, IL ACCEPTA ENSUITE D'AFFRONTER KASHUE ET FUT TUÉ PAR CE DERNIER. PRIVÉE DE SON EMPEREUR, L'ARMÉE DE MARMO SE REPLIA ALORS SUR KANON.
AINSI PRIT FIN LA "GUERRE DES HÉROS", QUI LAISSA DERRIÈRE ELLE DE NOMBREUSES VICTIMES...

ROAD TO LODOSS

LE PEUPLE DES ELFES

ON TROUVE NON SEULEMENT DES HUMAINS SUR LODOSS, MAIS AUSSI BEAUCOUP D'AUTRES CRÉATURES. PARMI ELLES, PARLONS UN PEU DU PEUPLE ELFE, CÉLÈBRE POUR SA BEAUTÉ ET SA NOBLESSE !

ES ELFES ONT LES OREILLES PLUS LONGUES QUE :ELLES DES HUMAINS ET PEUVENT VIVRE BIEN 'LUS LONGTEMPS QU'EUX (JUSQU'À PLUS DE MIL-E ANS). LEUR APPARENCE, IMMUABLE, DEMEURE :ELLE D'UN HUMAIN D'UNE VINGTAINE OU D'UNE 'RENTAINE D'ANNÉES.

)UTRE LES PLUS COMMUNS (CEUX QUI VIVENT DANS A FORÊT DU MIROIR, PAR EXEMPLE), IL EXISTE ÉGALEMENT DES HAUTS ELFES, DES SEMI-ELFES, DES :LFES NOIRS... LES HAUTS ELFES, QUI FORMENT LA :LASSE SUPÉRIEURE DE LEUR PEUPLE, ONT ÉTABLI DES 'ILLAGES DANS LA FORÊT SANS RETOUR. LEUR PRINCI-'ALE PARTICULARITÉ EST QU'ILS SONT IMMORTELS. ILS NE S'INTÉRESSENT PAS DU TOUT AU MONDE EXTÉRIEUR. DEEDLIT FAIT EXCEPTION À LA RÈGLE : LASSE DE CETTE VIE MONOTONE, ELLE A DÉCIDÉ UN JOUR DE REJOINDRE LE MONDE DES HUMAINS.

LES SEMI-ELFES ONT UN PARENT HUMAIN, UN AUTRE ELFE (DANS LE CAS DE LEAF, C'EST SON PÈRE).

DÉTESTÉS PAR LEURS CONGÉNÈRES, LES ELFES NOIRS, À LA PEAU SOMBRE, SONT UNE RACE MALFAISANTE À LAQUELLE APPARTIENNENT PIROTESS (BRAS DROIT D'ASHRAM) ET LUZEB (CHEF DE LA TRIBU DE LA FORÊT DES TÉNÈBRES ET MEMBRE DU CONSEIL DE MARMO).

LA MAGIE DIVINE

MAGIE QUI UTILISE UNE PARTIE DES POUVOIRS IMMENSES DES DIEUX. PAR CONSÉQUENT, SES EFFETS ET SA PUISSANCE DÉPENDENT ÉTROITEMENT DU DEGRÉ DE FOI DE CELUI QUI LA PRATIQUE. MÊME DOTÉ DE PEU DE CONNAISSANCES RELIGIEUSES, UN FERVENT CROYANT PAR EXEMPLE POURRAIT EXERCER UN GRAND POUVOIR. ON RACONTE MÊME QUE CERTAINES PERSONNES BIEN PARTICULIÈRES SONT CAPABLES D'ÊTRE HABITÉES PAR LES DIEUX.

LE SORTILÈGE DE GUÉRISON QUI PERMET DE GUÉRIR LES BLESSURES EST L'UN DES CHARMES REPRÉSENTATIFS DE CETTE MAGIE. DE LA SIMPLE ÉGRATIGNURE AUX BLESSURES GRAVES, VOIRE FATALES, CE CHARME PERMET (POUR LES PLUS CROYANTS) DE GUÉRIR TOUTES LES PLAIES. LE BLESSÉ N'A PAS BESOIN DE PARTAGER LA FOI DU MAGE POUR BÉNÉFICIER DU TRAITEMENT ; EN OUTRE, IL NE CONSERVE TRACE D'AUCUNE DOULEUR NI CICATRICE.

AINSI, ON PEUT DIRE QUE LA MAGIE DIVINE EST UN VRAI PRODIGE DES DIEUX !

LA MAGIE ANCIENNE

MAGIE QU'UTILISAIENT LES HABITANTS DE KASTUUL, LE ROYAUME DES SORCIERS (ROYAUME QUI GOUVERNAIT LODOSS ET LE MONDE EN DES TEMPS RECULÉS, BIEN AVANT L'ÉPOQUE DE SPARK ET DE SES COMPAGNONS).

LE PRINCIPE DE CETTE MAGIE EST DE MAÎTRISER LA MATIÈRE PAR DES PAROLES (INCANTATIONS) AFIN D'EN TRANSFORMER ET D'EN ACCROÎTRE LES PROPRIÉTÉS. ELLE S'ACQUIERT PAR LA DÉCOUVERTE ET L'ÉTUDE DES VESTIGES ET DES RELIQUES - EN PARTICULIER DES OUVRAGES - DE L'ANCIEN ROYAUME. ELLE EXIGE UN TRAVAIL RIGOUREUX, MAIS POUR SLAYNE ET ALDO NOVA, CES EFFORTS ONT PORTÉ LEURS FRUITS.

LE SORTILÈGE DE BOULE DE FEU UTILISÉ PAR ALDO NOVA CONTRE L'ARBRE ENSORCELÉ EST RELATIVEMENT PUISSANT.

LA MAGIE DES ESPRITS

MAGIE QUI UTILISE LES POUVOIRS DES ESPRITS VIVANT DANS UN AUTRE MONDE QUE CELUI DES HUMAINS. POUR S'EN SERVIR AVEC HABILETÉ, IL FAUT ÉTABLIR LE CONTACT AVEC EUX. PLUS PROCHES D'EUX QUE DES HUMAINS, LES ELFES SONT LES PRINCIPAUX UTILISATEURS DE CETTE MAGIE.

ON PEUT DIVISER LES ESPRITS EN CINQ GRANDES CATÉGORIES : CEUX DU FEU, DE L'EAU, DU VENT, DE LA TERRE ET CEUX DE L'ÂME. SI D'ORDINAIRE L'ŒIL D'UN ÊTRE HUMAIN NE PEUT PAS LES VOIR, LEUR FORCE EST ÉTROITEMENT LIÉE AU MONDE DES HOMMES. C'EST EN VERTU DE LEURS POUVOIRS, PAR EXEMPLE, QUE LE FEU BRÛLE, QUE LE VENT SOUFFLE ET QUE L'EAU COULE.

LEAF FAIT APPEL À LA PUISSANCE DE LA SALAMANDRE, UN DES ESPRITS DU FEU (PARMI LESQUELS ON COMPTE AUSSI LE GRAND IFRIT). LES SORTILÈGES DU FEU SONT SOUVENT DES SORTILÈGES D'ATTAQUE, ALORS QUE LA MAGIE DE L'EAU RECOUVRE PLUTÔT DES SORTILÈGES D'ASSISTANCE ET DE DÉFENSE.

LA MAGIE DANS LE MONDE DE LODOSS

IL EXISTE TROIS TYPES DE MAGIE SUR LODOSS : LA MAGIE DIVINE, LA MAGIE ANCIENNE ET LA MAGIE DES ESPRITS.

VOYONS UN PEU DE QUOI IL S'AGIT AVEC QUELQUES SORTILÈGES TYPIQUES !

First published in Japan in 1998 by KADOKAWA SHOTEN Publishing Co., Ltd., Tokyo.
French translation rights arranged with KADOKAWA SHOTEN Publishing Co., Ltd.,
Tokyo through Tuttle-Mori Agency, Inc., Tokyo.

Édition française

Traduction :
Christèle Dufraisse

Adaptation graphique :
GB One

ISBN : 978-2-35592-033-2
Dépôt légal : octobre 2008
Imprimé en Belgique par Walleyn Graphics